Gerhard Kapitzke

DU UND DEIN PFERD

Über das Reiten und den Umgang mit Pferden

BLV

Gerhard Kapitzke

DU UND DEIN PFERD

Über das Reiten und den Umgang mit Pferden

Die Deutsche Bibliothek - CIP - Einheitsaufnahme

Kapitzke, Gerhard
Du und Dein Pferd: über das Reiten und den Umgang mit Pferden / Gerhard Kapitzke.- München; Wien; Zürich: BLV, 1993
ISBN 3-405-14418-3

Bildnachweis

Alle Fotos und Zeichnungen vom Autor

Umschlaggestaltung: F&H Werbeagentur, München
Umschlagfotos: Gerhard Kapitzke
Layout: Buch und Grafik Design,
Günther Herdin, München

BLV Verlagsgesellschaft
München Wien Zürich
8000 München

Satz: Buch und Grafik Design,
Günther Herdin, München

Lithos: Fotolito Longo, Frangart/Bozen

Druck und Bindung: Brepols n. v., Belgien

ISBN 3-405-14418-3

Inhalt

Dein Wunschtraum – Reiten lernen

Wenn Dir Warmblutpferde anfangs zu groß erscheinen, magst Du Dich zunächst für Ponys entscheiden. Sie sind niedriger und umgänglicher für Kinder. Ferien auf einem Ponyhof in enger Reitgemeinschaft mit anderen Kindern können ein fröhliches Abenteuer sein. Du kannst erste Erfahrungen im Reiten und im Umgang mit Pferden sammeln.

Dein Wunschtraum – Reiten lernen

Du liebst Pferde über alles! Dich begeistert ihre schöne Gestalt, die Dir von allen Tieren am meisten gefällt. Und wenn Du bereits auf dem Pferderücken sitzen durftest, hat Dir das Wiegen ihres Ganges ein neues Gefühl von Freiheit gegeben. Du möchtest hautnah mit Pferden umgehen und Dein Leben mit ihnen teilen. Du träumst davon, ein Pferd zu besitzen und ihm ein guter Freund zu sein. Deine Gedanken beschäftigen sich unaufhörlich mit Pferden, so daß Deine Eltern Dich ermahnen müssen, die Schulaufgaben nicht zu vernachlässigen.

Du stellst Dir vor, auf dem Turnierplatz ein edles Pferd in stolzer Gangart zu reiten oder im roten Rock über hohe Hindernisse zu fliegen und ein berühmter Springreiter zu werden. Oder Du siehst Dich als verwegener Westernreiter mit Cowboyhut durch Wald und Feld galoppieren, weil Filme über den wilden Westen Dich dazu angeregt haben. Oder Du begeisterst Dich für das urwüchsige Islandpony, das Dich in bequemer Gangart durch die Landschaft trägt, weil das Wandern auf Robustpferden in der Natur das schönste Abenteuer für Dich ist.

Du bittest Deine Eltern, Reitunterricht nehmen zu dürfen. Du versuchst, sie mit ganzem Herzen zu überzeugen, daß Reiten eine gute Sache ist. Und Du versprichst ihnen hoch und heilig, in der Schule fleißig zu sein und gute Zeugnisse nach Hause zu bringen.

Und eines Tages hast Du Deine Eltern überredet. Sie erlauben Dir, am Reitunterricht teilzunehmen. Wenn Dein Herz für Ponys schlägt, entscheidest Du Dich für eine Ponyreitschule oder einen Ponyhof, wo Du sogar Reiterferien verbringen kannst. Falls Du eine Vorliebe für große Pferde hast und ihre Höhe Dich nicht ängstigt, meldest Du Dich für einen Reitkursus (oder Reitlehrgang) in einem Reitstall oder Reiterverein an. Nachdem Du Dich in einigen Reitställen umgesehen hast, wählst Du den aus, der große, helle und saubere Stallungen hat, dessen Pferde wohlgenährt und gut gepflegt sind und häufig auf die Weide dürfen, und wo der Reitlehrer sich eifrig um Ausbildung der Reitschüler bemüht.

Auf lederne Reitstiefel wirst Du wohl vorerst verzichten müssen, weil Deine Eltern abwarten möchten, ob Deine Begeisterung von Dauer ist, bevor sie eine Menge Geld für Lederstiefel und Reithose ausgeben. Deshalb mußt Du Dich zunächst mit Jeans und Gummistiefeln begnügen. Auf eine sturzfeste, sicherheitsgeprüfte Reitkappe mit Kinnriemen hingegen darfst Du auf keinen Fall verzichten! Sie schützt Deinen Kopf, wenn Du vom Pferd fallen solltest. Bitte den Reitlehrer, Deine Eltern zu überzeugen, daß der Kopfschutz für Deine Sicherheit unbedingt erforderlich ist. Und natürlich darfst Du niemals vergessen, die Reitkappe zu jeder Reitstunde aufzusetzen!

Vielleicht träumst Du davon, ein edles Pferd in stolzer Gangart zu reiten, wie Iris, die Dressurreiterin?, oder...

... vielleicht möchtest Du im Cowboysattel durch Wald und Feld galoppieren, wie diese junge Westernreiterin?, oder...

... Du wünschst Dir ein Islandpony, um auf dem Pferderücken im flotten Tölt durch die Natur zu streifen, wie Madeleine, die Islandponyreiterin, und ihre Reiterfreunde.

Der erste Reitunterricht

Endlich ist der ersehnte Tag gekommen! Ungeduldig fieberst Du der ersten Reitstunde entgegen. Zum ersten Mal darfst Du den Pferderücken besteigen, der dem Reiter das höchste Glück auf Erden verheißt. Du reitest mit mehreren Anfängern in einer Abteilung. Nur der Reiter an der Spitze der Abteilung kann bereits reiten und beherrscht sein Pferd. Er sorgt für ein ausgeglichenes Tempo und alle anderen Reiter müssen sich nach ihm richten.

Für die ersten Reitstunden hat Dir der Reitlehrer den Wallach Old Shatterhand zugeteilt. Old Shatterhand ist brav und für Anfänger wie geschaffen. Er tut schon viele Jahre seinen Dienst. Sein Alter hat ihn ruhiger gemacht. Die Lust an übermütigen Bocksprüngen ist ihm vergangen. Er ist gutmütig und geduldig und hat in seinem langen Leben viele Erfahrungen gesammelt. Weil die steifen Glieder forsche Sprünge nicht mehr zulassen, ist ihm an be-

quemer Gangart gelegen. Am liebsten schlurft er im Schritt oder im gemächlichen Zuckeltrab durch die Reitbahn, um seine Kräfte zu schonen. Nur beim Ausritt ins Gelände erinnert er sich vorübergehend an das Feuer seiner Jugend und schwingt die Hufe in flottem Gang, weil er sich so freut, in frischer Luft und freier Natur zu sein.

Auf Old Shatterhands Rücken sollst Du Dich zunächst an die Gangbewegungen des Pferdes gewöhnen. Old Shatterhand duldet Dich gutmütig im Sattel, obwohl Du ihm beim Aufsitzen und im Trab anfangs ziemlich hart in den Rücken plumpst. Und das mag er ganz und gar nicht. Jedesmal, wenn Deine Gesäßknochen seinen Rücken hämmern, forschen seine Ohren unwillig nach hinten zum Reiter. Old Shatterhand weiß längst, daß ein Anfänger auf seinem Rücken sitzt.

Der erste Reitunterricht auf Warmblutpferden macht Dich mit den Gangbewegungen großer Pferde vertraut. Du lernst, Dich gerade im Sattel zu halten und reiterliche Grundhilfen anzuwenden.

Du fühlst das große, starke Tier unter Dir. Dein erhöhter Sitz, der Dich über die Fußgänger erhebt, macht Dich glücklich. Und gleichzeitig steigt auch ein bängliches Gefühl in Dir auf. Du hoffst, daß alles gut geht. Doch Dein Tatendrang gewinnt die Oberhand, Du möchtest so schnell wie möglich reiten lernen.

Die Abteilung setzt sich auf das Kommando des Reitlehrers in Bewegung. Du fühlst den wiegenden Schritt Deines Pferdes unter Dir. Aber Old Shatterhand hat keine große Lust. Er ist bereits am Vormittag drei Stunden gegangen und hat auf seinen freien Nachmittag gehofft. Er kennt alles auswendig, den Ablauf der Reitstunde, die Kommandos des Reitlehrers und die Versuche der Anfänger, sich im Sattel zu halten. Der geruhsame Nachmittag ist Old Shatterhand verdorben. Es macht ihm keinen Spaß, schon wieder stumpfsinnig durch die Bahn zu trotten. Er möchte viel lieber in frischer Luft durch die Felder traben, anstatt den Staub der Reitbahn atmen. Am liebsten würde er auf der Weide frisches, grünes Gras rupfen, ohne einen Reiter tragen zu müssen. Von einer Wiese mit frischem, grünen Gras träumt er Tag und Nacht. Denn die große Freiheit auf der grünen Wiese ist das Paradies, von dem alle Pferde träumen, die im Stall leben müssen.

Träge ziehen die Pferde im Gänsemarsch durch die Reitbahn. »Eine Pferdelänge Abstand halten und die Ecken ausreiten«, tönt die Stimme des Reitlehrers. »Kopf hoch, Hände ruhig halten, Absätze tief!«

Du hast eine Menge zu tun, um die Kommandos zu befolgen und im Sattel zu bleiben. Old Shatterhand tut so, als ginge ihn das alles gar nichts an. Manchmal trödelt er dahin, bis sich der Abstand zum Vorderpferd verdoppelt. Oder er schneidet aus Bequemlichkeit die Ecken der Reitbahn ab und schließt so dicht auf, daß er mit seinem Kopf am Schweif des Vorderpferdes klebt. Im Trab wirst Du im Sattel hin und her geworfen und hältst Dich versehentlich an den Zügeln fest. Dann schimpft der Reitlehrer. Denn Deine Rucke an den Zügeln schmerzen das Pferd im Maul. Zum Festhalten ist allein der Halteriemen vorn am Sattel da!

Du gibst Dein Bestes, um alles richtig zu machen. Doch Old Shatterhand gehorcht Dir nicht. Er gähnt gelangweilt und vermeidet jede Anstrengung. Und der Reitlehrer verlangt alles auf einmal von Dir. Du sollst die Zügelhände ruhig halten und die Ellbogen locker an die Hüften legen, damit Dein Pferd nicht im Maul gestört wird. Du sollst den Kopf hochnehmen und den Oberkörper gerade halten, damit Du im Gleichgewicht bleibst. Du sollst die Beine lang und locker hängen lassen, damit die Knie nicht hochrutschen und Dein Oberkörper ins Schwanken gerät. Gleichzeitig sollst Du auch noch die Fußspitzen anheben und die Absätze tief halten. Du versuchst, die Füße in die Steigbügel zu setzen, aber sie rutschen immer wieder ab, weil Du noch nicht gelernt hast, in den Fußgelenken zu federn. Vergeblich angelst Du mit den Füßen nach den hilfreichen Stützen, um Halt zu finden. Du sollst alles auf einmal tun, doch nichts will gelingen. Aber zwischendurch erlebst Du auch das Glück der Schwebe. Du findest es schön und aufregend, wie Dein Pferd unter Dir dahinschreitet und Dich trägt.

Nach jeder Reitstunde spürst Du einen ziehenden Schmerz in den Oberschenkeln. Der Muskelkater dauert jedesmal mehrere Tage und zwingt Dich zu einem schleppenden Reitergang. Doch je öfter Du reitest, desto geringer wird der Schmerz. Deine Muskeln gewöhnen sich allmählich an die ungewohnte Dehnung im gespreizten Sitz.

Möglicherweise jedoch haben die ungewohnten Anstrengungen Deine Begeisterung für das Pferd bereits erheblich gedämpft. Vielleicht bist Du auch schon mehrmals vom Pferd gefallen, und die Lust am Reiten ist Dir gründlich vergangen. Oder aber der Ehrgeiz hat Dich gepackt, aller Mühe zum Trotz! Du willst unbedingt ein guter Reiter werden, weil Du die Pferde wirklich gern hast.

Nach einiger Zeit hast Du Dich an die Gangbewegungen des Pferdes gewöhnt. Du versuchst - zuweilen auch ohne Steigbügel - gerade und fest im Sattel zu sitzen. Du bemühst Dich, sanft und behutsam die richtige Zügelhaltung zu üben, ohne das Pferd im Maul zu stören. In der Abteilung, im Gänsemarsch, geht alles gut. Du glaubst, einigermaßen sattelfest zu sein und Dein Pferd lenken zu können. Doch am Ende der Reitstunde, wenn der Reitlehrer Euch erlaubt, einige Minuten selbständig durcheinander zu reiten, erlebst Du jedesmal eine Enttäuschung. Old Shatterhand gehorcht Dir nur widerwillig oder gar nicht. Er rührt sich nicht von der Stelle oder er weigert sich anzutraben oder er läßt sich nur mühsam in eine bestimmte Richtung lenken. Er versucht stur, seinen Willen durchzusetzen und seine Kräfte zu schonen. Es kann aber auch sein, daß er Deine Anstrengungen im Sattel gar nicht versteht, weil Du noch nicht begriffen hast, wie Du Deinem Pferd Deinen Willen mitteilen sollst. Denn Du kannst ihm mit Worten ja nicht sagen, was es tun soll. Betrübt mußt Du feststellen, daß es Dir noch nicht gelingt, Dich Deinem Pferd verständlich zu machen.

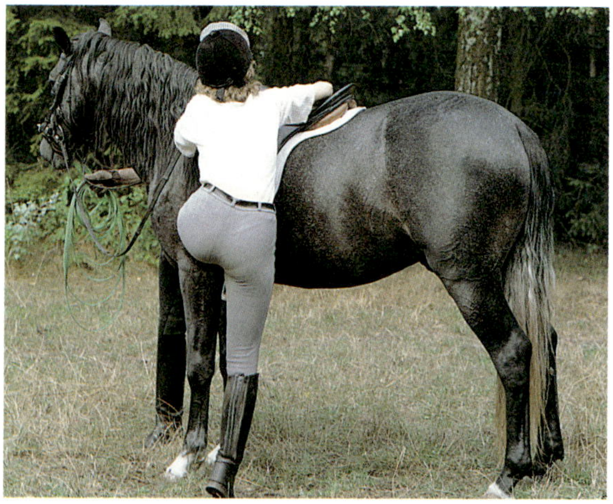
1

2

3

4

Reitschülerin Sonja übt richtiges Aufsitzen von der linken Seite des Pferdes.

1 Sie steht mit dem Gesicht zum Pferdekopf und faßt mit der linken Hand, die auch die Zügel hält, in die Sattelkammer. Die rechte Hand hält sich an der rechten Kante des Sattelkranzes fest. Sonja setzt den linken Fuß in den Steigbügel. Dabei achtet sie darauf, daß ihre Stiefelspitze nicht in den Pferdebauch stößt.
2 Sie stößt sich mit dem rechten Fuß vom Boden ab und zieht sich gleichmäßig mit den Händen am Sattel hoch.
3 Während ihr Körper hochschnellt, schwingt sie ihr rechtes Bein waagerecht über die Kruppe auf die rechte Seite des Pferdes. Dabei stützt sie sich mit beiden Händen auf den Sattelknopf.
4 Anschließend läßt sie ihr Gesäß ganz sachte und behutsam und fast unmerklich für das Pferd in den Sattel gleiten, ohne hineinzuplumsen. Zuletzt setzt sie ihren rechten Fuß in den rechten Steigbügel.

Einzelunterricht an der Longe

Eines Tages kommt Dir ein Zufall zu Hilfe, der Dir wieder Mut macht. Du findest Dich wie immer pünktlich zur Reitstunde ein, doch keiner Deiner Mitreiter ist erschienen. Die einen sind krank, die anderen verreist oder aus anderen Gründen verhindert. Du bleibst der einzige Reitschüler an diesem Nachmittag. Zu Deiner Überraschung läßt Dich der Reitlehrer nicht Old Shatterhand, sondern ein anderes, viel lebhafteres Pferd in die Reitbahn führen, das sonst nur von fortgeschrittenen Reitern geritten wird. Er hat mittlerweile bemerkt, daß Du Dir große Mühe gibst. Deshalb möchte er Dir im Einzelunterricht ein wenig weiterhelfen. Beim Abteilungsreiten muß er seine Aufmerksamkeit vielen Reitschülern widmen, mit dem einzelnen Reiter kann er sich daher nur wenig befassen. Im Einzelunterricht hingegen, wenn Du ganz allein in der Reitbahn bist, kann er Dir alles ausführlich erklären. Zudem darfst Du ein Pferd reiten, das gut ausgebildet ist

Für den Einzelunterricht an der Longe wird dem Pferd der Kappzaum aufgelegt. Die Longe oder Leine wird am Ring des Nasenriemens eingehakt. Das Pferd läuft auf einem Kreis um den Reitlehrer herum, der das andere Ende der Longe in der Hand hält. Das Pferd kann nicht weglaufen.

und feinfühlig reagiert, so daß Du deutlicher fühlst, was sich unter Dir bewegt.

Der Reitlehrer hat dem Pferd den Kappzaum angelegt und läßt es an der Longe im Kreis um sich herumlaufen, so daß es nicht mit Dir davonpreschen kann. Es geht auf dem Zirkel, wie der Reiter sagt. Die Zügel sind durch einen Knoten verkürzt und liegen auf dem Hals des Pferdes. Du brauchst sie nicht, weil der Reitlehrer das Pferd an der Longe führt. Du hast die Hände frei und läßt sie herunterbaumeln. Auch die Beine hängen lose herunter. Du reitest ohne Steigbügel. Im Notfall, wenn Du aus dem Sattel rutschen solltest, kannst Du Dich am Halteriemen vorn am Sattel festhalten.

Eingeknickte Hüfte. Wenn Du auf dem Zirkel oder in der Wendung in Schräghaltung so gerade sitzt, wie der linke Reiter, dann befindest Du Dich mit dem Pferd zusammen im Gleichgewicht. Wenn Du aber in der Hüfte einknickst, wie der rechte Reiter (Pfeil), dann verlegt sich Dein Körpergewicht schief nach außen. Der Reiter sitzt nicht im Gleichgewicht, die Schwerpunkte von Pferd und Reiter stimmen nicht überein.

Zuerst suchst Du das Gleichgewicht im Sattel

Das Pferd geht Schritt. Du sitzt aufrecht im Sattel und blickst nach vorn in die Gangrichtung. Mit jedem Schritt des Pferdes spürst Du im Gesäß einen wiegenden Vorwärtsschub. Dieses Wiegen entsteht durch das wechselseitige Vortreten der Hinterbeine des Pferdes. Wenn ein Hinterbein vorschwingt, wölbt sich der Pferderücken ein wenig auf. Du spürst im selben Augenblick, wie Dein Gesäß im Sattel nach vorn geschoben wird. Gleichzeitig fühlst Du an Deinen Unterschenkeln ein seitwärtiges Pendeln. Denn das vortretende Hinterbein wölbt nicht nur den Pferderücken auf, es drückt auch den seitlich herausragenden Pferdebauch zurück, der deswegen auf der anderen Seite des Pferdes noch stärker heraustritt. Mit dem wechselseitigen Vortreten der Hinterbeine pendelt der Pferdebauch hin und her. Und Deine Unterschenkel, die dem Pferdeleib beiderseits anliegen, machen die Pendelbewegung automatisch mit.

Du fühlst also, wie Dein Unterkörper, vom Gürtel abwärts, bei jedem Vortritt des Pferdes nach vorn geschoben und gleichzeitig seitwärts geschaukelt wird. Dein Oberkörper hingegen, vom Gürtel aufwärts, bewegt sich nicht und hält sich kerzengerade wie ein Stab, den man senkrecht auf der Handfläche balanciert. Manchmal ruft der Reitlehrer Dir zu, für eine kurze Weile die Augen zu schließen. Dann kannst Du die Bewegung des schreitenden Pferdes ohne Ablenkung in Dein Gefühl aufnehmen. Die Gangbewegung fließt in Deinen Körper ein. Du läßt Dich einfach tragen. Zeitweilig lockerst Du Deine Muskeln durch Freiübungen. Du drehst Dich in den Hüften und schwenkst die Arme, um Deinen Körper zu entspannen. Arme und Beine hängen ganz locker herunter. Kein Muskel darf sich verkrampfen. Du sitzt völlig gelöst und entspannt im Sattel. In der Reitersprache heißt das, der Reiter ist »losgelassen«.

Der Reitlehrer läßt das Pferd antraben. Du reitest noch immer ohne Steigbügel. Jeder Trabtritt versetzt Dir einen Stoß im Gesäß. Du hältst Dich mit beiden Händen am Sattelriemen fest und ziehst Dein Gesäß tief in den Sattel hinein, um nicht hochgeworfen zu werden. Gesäß, Oberschenkel und Knie saugen sich am Sattel fest, ohne sich festzuklammern. Deine Beinmuskeln sind entspannt und locker, vom Knie abwärts hängen die Unterschenkel zwanglos herunter.

Das Pferd trabt auf dem Zirkel, deshalb muß es eine leichte Schräghaltung nach innen einnehmen. Damit Du im Schwung des Trabes aber nicht aus dem Sattel kippst, nimmst Du gefühlsmäßig die gleiche Schräglage ein. Doch Deine Wirbelsäule bleibt auch in der Schräghaltung ganz gerade! Nicht in der Hüfte einknicken, sonst geht das Gleichgewicht verloren! Es ist genauso wie beim Radfahrer. Wenn er um die Ecke biegt, muß er sich nach innen in die Kurve legen, um nicht nach außen wegzukippen. Und da Du Dich der Schräghaltung des Pferdes angeglichen hast, sitzt Du wiederum im Gleichgewicht.

Auch im Galopp hältst Du Dich am Sattelriemen fest. So kannst Du Dich tief in den Sattel hineinziehen und die Sitzfläche mit jedem Galoppsprung von hinten nach vorn auswischen, ohne mit dem Gesäß nachzuklappen. Denn Pferde mögen nicht, wenn harte Gesäßknochen ihren Rücken hämmern. Du weißt das von Old Shatterhand, der stets die Ohren ärgerlich nach hinten richtet, wenn Du ihm in den Rücken fällst. Du nimmst wieder die gleiche Schräghaltung ein wie das Pferd und denkst dabei an den Radfahrer in der Kurve!

Der Einzelunterricht an der

Longe macht Dir großen Spaß und Du fühlst Dich sicher, weil das Pferd nicht davonlaufen kann. Du erkennst, daß Du schneller und besser reiten lernst als in der Abteilung. Am liebsten möchtest Du nur noch Einzelunterricht nehmen. Aber der ist teurer als Reiten in der Abteilung. Deshalb kann Dir Dein Vater neben dem Abteilungsreiten nur manchmal eine Einzelstunde spendieren.

Das Pferd trabt auf dem Kreis, also auf dem Zirkel. Dabei muß es sich etwas schräg nach innen legen, um im Schwung des Trabes nicht nach außen wegzukippen. Manuela nimmt die gleiche Schräghaltung ein wie das Pferd und denkt dabei an den Radfahrer in der Kurve. Ihr Oberkörper bleibt gerade und knickt nicht in der Hüfte ein. Manuela sitzt auch in der Schräglage im Gleichgewicht, weil ihre Körperhaltung mit der des Pferdes übereinstimmt.

Die Körpersprache des Reiters

Da Reiter und Pferd leider nicht miteinander sprechen können, muß der Reiter eine andere Möglichkeit der Verständigung finden, die das Pferd versteht. Er muß eine Sprache anwenden, die das Pferd hautnah am eigenen Leib verspürt, die ihm über zahlreiche körperliche Berührungen verständlich macht, was es tun soll. Die körperlichen Einwirkungen, die der Reiter mit Gesäß, Beinen und Zügelhänden auf das Pferd ausübt, nennt man reiterliche Hilfen. Sie erlauben dem Reiter, das Pferd ohne Worte und ohne Kraftanstrengung zu beherrschen. Die Körpersprache des Reiters sagt dem Pferd zum Beispiel, welche Gangart es gehen soll, welche Richtung es einschlagen soll, oder ob es halten soll.

Die Körpersprache des Reiters besteht aus drei reiterlichen Grundhilfen, nämlich aus

- ❖ den Gewichtshilfen,
- ❖ den Gesäß- und Schenkelhilfen
- ❖ und den Zügelhilfen.

Alle drei wirken stets gemeinsam auf das Pferd ein und sind nicht voneinander zu trennen.

Gewichtshilfen sind geringe Neigungen des Oberkörpers zur Seite, ohne dabei in der Hüfte einzuknicken. Das Pferd fühlt im Rücken, daß der Reiter nicht mehr senkrecht sitzt und seinen Schwerpunkt zur Seite verlagert.

Die vorwärtstreibende Wirkung des reiterlichen Sitzes.

Die reiterlichen Hilfen müssen beim Dressurreiten genau und deutlich auf den Pferderücken einwirken, damit das Pferd begreifen kann, welche Übungen es ausführen soll. Deshalb darf die Reiterin nicht »leichttraben« und durch Lüften des Gesäßes jeden zweiten Trabtritt überschlagen. Dann wird die Einwirkung der reiterlichen Hilfen geringer. Vielmehr muß sie jeden Trabtritt fest aussitzen, ohne mit dem Gesäß zu klappen, damit sich die Hilfen von Gesäß und Schenkeln direkt auf das Pferd übertragen.
Das Aussitzen der Trabtritte ist freilich anstrengender als leichttraben. Mit ihrem vorbildlichen Sitz zeigt Dir Iris, wie sie mit Gesäß, Oberschenkeln und Knien im Trab fest am Sattel klebt und eine vortreibende Wirkung auf das Pferd ausübt. Ihre Ellbogen liegen locker und unverkrampft an den Hüften. Die Unterarme bilden annähernd eine gerade Linie mit den Zügeln und die Zügelfäuste stehen aufrecht, so wie es sein soll. Das Pferd geht Trab in aufgerichteter Versammlung. Beachte die gesenkte Hinterhand und die aufgerichtete Vorhand des Pferdes, der gesamte Pferdekörper ist leicht vorwärts-aufwärts gerichtet.

Die Zügelhilfen.

1 ***Unterarm und Handrücken des Reiters bilden mit dem Zügel annähernd eine gerade Linie.***
Die Zügelfäuste stehen aufrecht.
Die Zügel verschwinden zwischen kleinem Finger und Ringfinger in der Zügelhand und kommen zwischen Zeigefinder und Daumen wieder heraus.
Der Daumen liegt dachförmig auf dem Zügel.

2 ***Wenn Du die aufrechtstehenden Zügelfäuste einwärts drehst (nicht die Arme bewegen!), verkürzen sich die Zügel ein wenig und das Pferd spürt einen leichten Zupfer im Maul. Damit hast Du eine Parade gegeben.***

3 ***Falsch! Die Zügelfäuste sind nach außen durchgedrückt, die Hände sind steif und können nicht feinfühlig mit dem Pferdemaul spielen.***

4 ***Auch von der Seite gesehen bilden Unterarm, aufrechtstehende Zügelhand und Zügel nahezu eine gerade Linie.***

5 ***Falsch! Die flach liegende Zügelhand kann sich nicht einwärts drehen und keine weichen Zügelhilfen geben.***

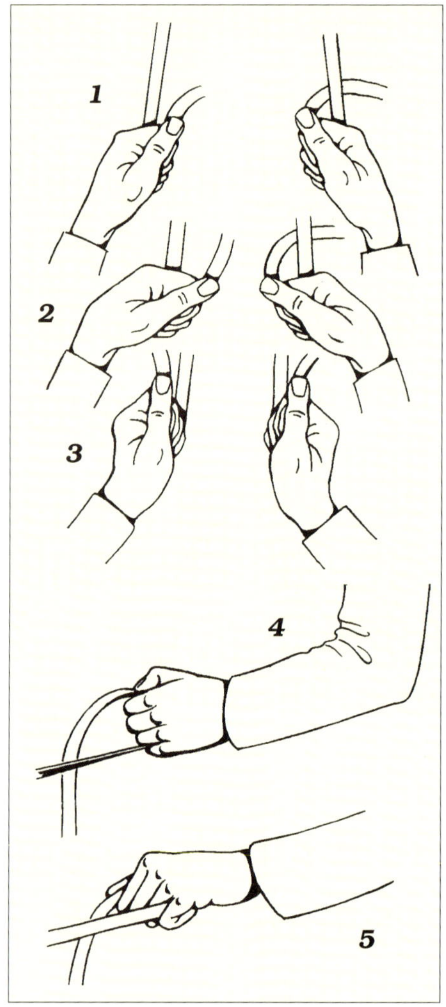

Achte streng darauf, daß Du Dich nie an den Zügeln festhältst und Deine Zügelhand sanft und locker bleibt. Zügelhilfen kann man einseitig mit einem Zügel, und auch beidseitig mit beiden Zügeln gleichzeitig geben. Wenn Du mit einem oder beiden Zügeln nachgeben möchtest, damit das Pferd den Hals strecken kann, dann verlängerst Du einen oder beide Arme. Man unterscheidet ganze und halbe Paraden. Eine ganze Parade sagt dem Pferd, daß es stehenbleiben soll, egal aus welcher Gangart. Meist sind mehrere Zügelzupfer nötig, um das Pferd nach einigen auslaufenden Tritten zum Stehen zu bringen. Eine halbe Parade soll das Tempo verlangsamen, oder in eine langsamere Gangart überleiten, oder auf eine Änderung der Gangrichtung aufmerksam machen.
Meist ist nur ein Zügelzupfer nötig, um die gewünschte Wirkung zu erzielen. Die Stärke der Zügelzupfer ist bei ganzen und halben Paraden völlig gleich.
Der Unterschied zwischen beiden Paraden besteht nur in der Häufigkeit der Zügelzupfer.

Gesäßhilfen sind mit den Gewichtshilfen eng verbunden und entstehen durch den unterschiedlichen Druck der Gesäßknochen des Reiters auf den Pferderücken. Schenkelhilfen wirken auf den Pferdeleib durch leichtes Andrücken oder Reiben oder Zurücklegen des Unterschenkels. Beide Hilfen zusammen üben in den meisten Fällen eine vorwärtstreibende Wirkung auf das Pferd aus.

Zügelhilfen sind ein zentimeterweises Verkürzen und Verlängern der Zügel, die das Pferd als sanfte Zupfer in den Maulwinkeln spüren soll. Sie deuten ihm behutsam an, ob es das Tempo verringern oder erhöhen, oder ob es in eine Wendung einbiegen oder anhalten soll. Zügelhilfen üben vorwiegend eine bremsende Wirkung auf das Pferdemaul aus. In der Reitersprache heißen sie »Paraden«.

Ganz falsch ist das »Riegeln«, ein wechselseitiges Ziehen an den Zügeln, um den Pferdekopf in eine senkrechte Haltung zu zwingen, wobei das Trensengebiß auf den Kinnladen hin und her scheuert und dem Pferd Schmerzen zufügt. Nur schlechte und grobe Reiter riegeln ihr Pferd. Denn die reiterliche Hilfengebung ist keine Kraftprobe zwischen Reiter und Pferd, die das Tier unter den Willen des Menschen zwingt, sondern ein gefühlvolles Eingehen in die Bewegungen des Pferdes.

Reiterliche Hilfen nutzen den Nervenreflex, um das Pferd auf nahezu unmerkliche Weise zum Gehorsam zu bewegen. Die Wirkung des Nervenreflexes hast Du schon oft am eigenen Leib gespürt. Wenn Dich jemand unverhofft ganz sanft am nackten Arm berührt, vielleicht eine krabbelnde Fliege oder ein Freund, der Dich mit einem Grashalm kitzelt, zuckst Du unwillkürlich leicht zusammen und ziehst Deinen Arm zurück. Deine Hautnerven melden die unerwartete Berührung sofort dem Gehirn, das vorsichtshalber einen kleinen Abwehrschreck auslöst.

Beim Sitz im Gleichgewicht bleibt die Wirbelsäule des Reiters, von hinten gesehen, kerzengerade. Beide Gesäßknochen (Pfeile) belasten gleichmäßig den Pferderücken.

Genauso empfindet das Pferd, wenn es den Schenkeldruck des Reiters an seinem Bauch fühlt. Es versucht instinktiv, der Berührung nach vorn oder zur Seite auszuweichen. So kann der Reiter die Bewegungen des Pferdes beeinflussen, ohne Zwang auszuüben. Doch nur ein gut gerittenes Pferd kann auf die feinen Berührungen der reiterlichen Hilfen antworten. Ein Reitpferd, das durch falsche und grobe Hilfengebung oder viele Anfänger abgestumpft ist, kann nicht mehr feinfühlig reagieren.

Nach einigen Unterrichtsstunden an der Longe darfst Du im Einzelunterricht schon allein durch die Bahn reiten. Du führst die Zügel jetzt mit beiden Händen. Deine Zügelfäuste stehen aufrecht eine Handbreit über dem Widerrist. Die Ellbogen liegen leicht und locker an den Hüften. Du fühlst die sanfte Verbindung zum Pferdemaul. Die Zügel stehen gerade an, sie hängen weder durch, noch ziehen sie im Pferdemaul. Der Reitlehrer sagt Dir, was Du tun mußt.

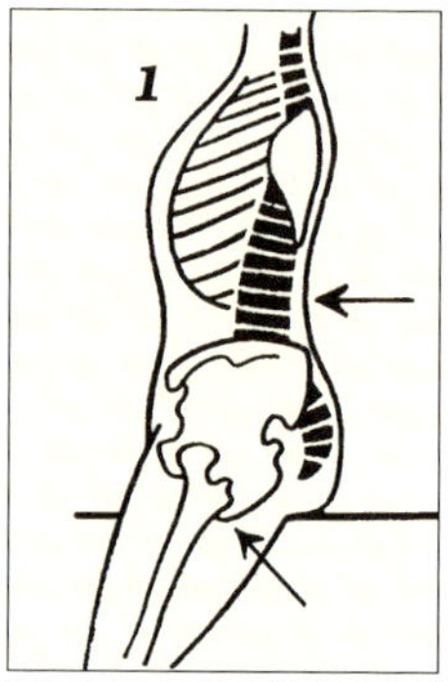

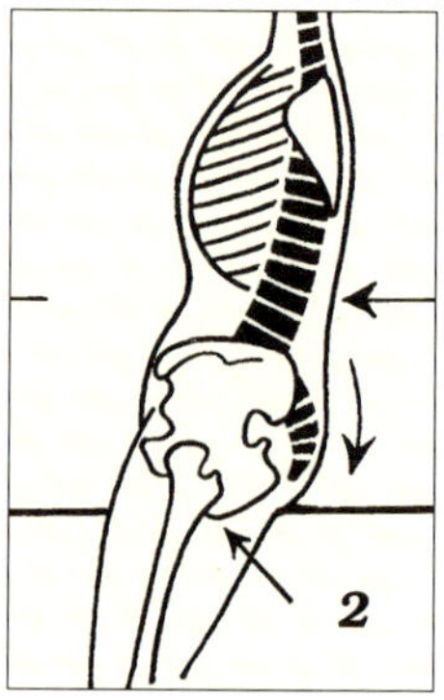

Die Einwirkung der Gesäßknochen auf den Pferderücken.
1 Gerader Sitz, die Wirbelsäule ist entspannt (oberer Pfeil). Die Gesäßknochen (unterer Pfeil) belasten gleichmäßig den Pferderücken, ohne eine treibende Wirkung auszuüben.
2 Wirbelsäule und Becken des Reiters spannen sich (ganz) kurz an und (obere Pfeile), die Gesäßknochen drücken stärker nach vorn in den Sattel (unterer Pfeil) und üben eine vorwärtstreibende Wirkung auf den Pferderücken aus.

Das Gewicht Deines Körpers belastet den Pferderücken. Bei kerzengerader Haltung Deines Oberkörpers drücken Deine beiden Gesäßknochen gleichmäßig auf die Rückenmuskeln des Pferdes. In dieser Körperhaltung kann Dich das Pferd am leichtesten tragen, weil es in seinen Gangbewegungen nicht gestört wird und die Schwerpunkte von Reiter und Pferd übereinstimmen. Du sitzt im Gleichgewicht im Sattel.

Du übst die reiterlichen Hilfen

Du straffst Deinen Oberkörper und spannst gleichzeitig die Gesäßmuskeln an. Dein Gesäß drückt stärker nach vorn in den Sattel. Im selben Augenblick drückst Du auch die Unterschenkel an den Pferdeleib. Das Pferd spürt einen leichten Vorwärtsschub im Rücken und einen auffordernden Druck an beiden Bauchseiten. Dadurch fühlt es sich veranlaßt, vorwärts zu gehen. Damit hast Du eine vortreibende Gesäß- und Schenkelhilfe gegeben.

Du beschleunigst das Tempo

Das Pferd geht Schritt in ruhigem Tempo. Mit jedem Vortritt der Pferdebeine wird Dein Gesäß in wiegendem Rhythmus leicht nach vorn geschoben. Deine Unterschenkel liegen sanft am hin und her pendelnden Pferdeleib. Wenn Du nun den wiegenden Vorwärtsschub im Sattel mit Deinem Gesäß absichtlich verstärkst und gleichzeitig den Unterschenkel an der zurückweichenden Bauchseite des Pferdes jedesmal etwas fester andrückst – immerfort im Wechsel des Bauchpendelns mal links mal rechts – schreitet das Pferd fleißiger, energischer und raumgreifender aus, weil es als Antwort auf Deinen Gesäß- und Schenkeldruck den jeweils vorschwingenden Hinterhuf weiter nach vorn unter den Rumpf setzt. Das Tempo des Schrittes wird etwas schneller.

Du verlangsamst das Tempo

Deine vortreibenden Gesäß- und Schenkelhilfen veranlassen das Pferd, fleißig auszuschreiten. Mit den Zügelhilfen kannst Du seine Schritte wieder verlangsamen. Während Du das Pferd mit Gesäß und Schenkeln unablässig vorwärts treibst, spannst Du die Zügel mit jedem Vortreten des Pferdes kurz an und gibst sofort wieder nach. Das Anspannen der Zügel erfolgt mehrmals hintereinander und jeweils nur für einen kurzen

Augenblick und darf sich im Pferdemaul nur als leichter Zupfer bemerkbar machen, bis das Pferd langsamer geht. Zügelhilfen dürfen niemals in stures Ziehen oder hartes Rucken ausarten.

Zügelhilfen setzen immer erst nach den vortreibenden Gesäß- und Schenkelhilfen ein. Das wechselnde Anspannen und Nachlassen beider Zügel gleichzeitig wirkt wie eine Bremse und veranlaßt das Pferd, das Tempo zu verringern oder in eine langsamere Gangart zu wechseln oder anzuhalten. Auf die verkürzende folgt sofort die verlängernde Zügelhilfe, damit das Pferd sich nicht eingezwängt fühlt.

Du biegst in eine Wendung ein

Wenn Du beispielsweise von der Geradeausrichtung auf den Zirkel abbiegen willst, bereitest Du das Pferd durch eine Zügelhilfe sanft auf die Richtungsänderung vor. Du blickst voraus in die Wendung, treibst mit Gesäß und Schenkel und gibst mit dem inneren Zügel einen Zügelzupfer, damit das Pferd auf die Richtungsänderung aufmerksam wird. Dann verlängerst Du den äußeren Zügel ein wenig, um das Pferd in die Wendung zu führen. Das Pferd darf mit dem inneren Zügel niemals in die Wendung hineingezogen werden! Du neigst den Oberkörper in die Wendung hinein, so daß Dein innerer Gesäßknochen stärker auf den Pferderücken drückt als der äußere. Nicht in der Hüfte einknicken! Dein inneres Bein senkt sich dabei automatisch etwas tiefer und der Fuß tritt vermehrt in den Steigbügel. Dein Schwerpunkt liegt nicht mehr senkrecht über dem Pferderücken, er hat sich zur Seite in die Wendung verlagert. Dein Schrägsitz veranlaßt das Pferd, zur selben Seite von der geraden Laufrichtung abzuweichen, damit es instinktiv unter Deinen Schwerpunkt treten und Euer beider Gleichgewicht wieder herstellen kann. Denn es ist ihm unangenehm, wenn Du schräg auf seinem Rücken sitzt. Die Gewichtshilfe bleibt immer die Hauptsache, wenn Du abbiegst. Die einseitigen Zügelhilfen leiten die Wendung ein und begleiten die Gewichtshilfe. Nach der Wendung sitzt Du wieder gerade und läßt die Zügel gleichmäßig anstehen.

Die Gewichtshilfe zur Seite kannst Du gut nachempfinden, wenn Dein kleiner Bruder oder Deine Schwester auf Deinen Schultern sitzt. Wenn der »Reiter« sich gerade hält und nicht bewegt, kannst Du ungehindert stehen und gehen. Er befindet sich mit Dir

Iris zeigt Dir während einer Turnierpause auf dem Abreiteplatz, wie man eine Wendung reitet. Das Pferd soll – von der Reiterin aus gesehen – nach links abbiegen. Durch die Zügelhilfe ist es auf die Linkswendung eingestellt. Die Reiterin neigt sich nach links und nimmt eine schräge Körperhaltung ein. Ihr Oberkörper bleibt vollkommen gerade, ohne in der Hüfte einzuknicken. Ihr linker Fuß senkt sich automatisch tiefer. Das Pferd biegt sich um den linken Schenkel der Reiterin und legt sich ebenfalls in die Wendung, um von der geraden Richtung abzubiegen. Reiterin und Pferd nehmen die gleiche Schräglage ein, genau so wie der Radfahrer in der Kurve!

Diese junge Reiterin zeigt Dir, wie sie ihr Pony ohne Zäumung und ohne Sattel in die Wendung reitet. Das Pony soll auf dem Zirkel galoppieren. Vor der offenen Seite des Zirkels, die nicht durch den Zaun der Reitbahn begrenzt ist, nimmt die Reiterin die Schräghaltung nach innen ein und verlegt ihr Gewicht zur Seite. Das Pony folgt der Gewichtsverlegung nach innen und schwenkt auf den Zirkel. Hätte die Reiterin einen geraden Sitz beibehalten, so wäre das Pony am Zaun entlang geradeaus weitergaloppiert. Dieses Beispiel zeigt Dir, daß die Gewichtshilfe immer die Hauptsache ist, wenn Du von der geraden Richtung abbiegen willst.

im Gleichgewicht. Sobald er aber seinen Oberkörper zur Seite neigt, mußt Du einen Schritt zur selben Seite tun, um nicht umzufallen. Du mußt unter seinen Schwerpunkt treten, um das Gleichgewicht wieder herzustellen. Genau so wie Du fühlt das Pferd, wenn Du im Sattel sitzt und Dein Oberkörper eine Schräghaltung einnimmt.

Dein Unterkörper - eine Einheit mit dem Pferd

Der Unterkörper des Reiters fügt sich harmonisch in den wiegenden Rhythmus des Pferderückens ein, so als würde er zum Pferd gehören. Gesäß und Beine des Reiters umfassen den Pferderumpf wie ein umgekehrtes U und wirken gemeinsam und gleichzeitig auf das Pferd ein. Sie leisten immer die Hauptarbeit der Hilfengebung.

Gesäß, Oberschenkel und Knie des Reiters kleben immer unverrückbar am Sattel. Die Unterschenkel, vom Knie abwärts, bleiben jedoch beweglich und haben Spielraum nach hinten. In der Grundhaltung liegen sie locker gleich hinter dem Sattelgurt. Die Hilfengebung mit Gesäß und Schenkeln ist sanft und behutsam und nutzt den Nervenreflex des Pferdes ohne jemals grob zu werden.

Ein Versuch am eigenen Körper zeigt Dir, wie grobe Reiterhilfen auf das Pferd einwirken. Du läßt Dich auf alle Viere nieder und stellst Dir vor, Du bist ein Pferd. Dein kleiner Bruder sitzt als Reiter auf Deinem Rücken. Du legst Dir einen Strick als Zügel in den Mund und läßt Deinen Reiter mit beiden Händen an den Enden des Strickes ziehen. Wenn er zu hoppeln beginnt und seine Gesäßknochen sich in Deinen Rücken bohren und wenn er außerdem heftig an den Zügeln reißt, kannst Du leicht nachfühlen, welche Qualen ein Pferd bei grober Hilfengebung in Maul und Rücken zu erdulden hat.

Damit Du Dir genau vorstellen kannst, wie ein Pferd in stolzer Haltung aussieht, zeigt Dir Richard, der Dressurreiter, auf seinem schwarzen Lipizzaner eine Übung in »höchster Versammlung«, wie der Reiter sagt.
Die Übung heißt Piaffe und ist ein stolzer Trab fast auf der Stelle. Das Pferd hat die Hinterbeine weit unter den Rumpf gesetzt und trägt mit der Hinterhand die Hauptlast des Reitergewichtes. Kopf und Hals sind in schönem Bogen hoch aufgerichtet. Aufmerksam horcht der Rappe nach hinten auf die Hilfen des Reiters, die für den Zuschauer unsichtbar sind. Der ganze Pferdekörper drückt geballte Kraft aus. Richard läßt die Zügel absichtlich lose durchhängen, um zu zeigen, daß »das Pferd sich selbst trägt«, wie es in der Reitersprache heißt. Es braucht die Zügelhilfe nicht und bleibt freiwillig und aus eigenem Antrieb in Versammlung. Dieses Pferd hat den höchsten Ausbildungsgrad im Dressurreiten erreicht, den man Hohe Schule nennt.
Sitz und Haltung des Reiters sind vorbildlich für Dich. Beachte die kerzengerade Haltung von Kopf und Oberkörper und die korrekte Lage der Knie und Unterschenkel. Versuche Richard nachzueifern und ebenso gut im Sattel zu sitzen! Vielleicht gelingt es Dir später, auch ein so guter Reiter zu werden.

Mit dem Wechselspiel der vortreibenden und und der einfangenden Hilfen erreichst Du, daß Dein Pferd Dir volle Aufmerksamkeit schenkt und sich nicht ablenken läßt. Du trainierst seine Muskeln und Gelenke, damit es Dich besser tragen kann. Du erziehst es zum Gehorsam, so daß Du es ohne jede Kraftanstrengung beherrschen kannst. Und schließlich erreichst Du, wenn Du einmal ein guter Reiter geworden bist, daß sich Dein Perd zu einer harmonischen Körperform rundet, die in der Reitersprache »Versammlung« heißt. Dann wird es eine stolze Körperhaltung und elegante, tänzerische Tritte zeigen können, weil es seine starken Hinterbeine weit nach vorn unter den Rumpf setzt und mit ihnen vermehrt das Reitergewicht trägt. Die reiterlichen Hilfen sollen deshalb vor allem Muskeln und Gelenke des Pferdes kräftigen und elasti-

Ein guter Reiter stärkt die Muskeln des Pferdes

scher machen und seinen Tragapparat stärken, damit es das Reitergewicht besser tragen kann.

Ein Reitanfänger kann nur auf einem gut ausgebildeten Schulpferd richtig reiten lernen. Und ein junges, unausgebildetes Pferd kann nur unter einem erfahrenen Reiter ein gutes Reitpferd werden. Denn nur der erfahrene Reiter kann das junge Pferd die reiterlichen Hilfen lehren, und nur das ausgebildete Reitpferd zeigt dem Reitanfänger, ob seine Hilfen richtig sind. Ein Reitanfänger und ein junges, unausgebildetes Pferd passen niemals zusammen, weil keiner vom anderen lernen kann und ein Unfall so gut wie sicher ist. Deshalb setz' Dich als Anfänger nie auf ein unausgebildetes Pferd!

Denke über die reiterlichen Hilfen nach

Die kurzen Hinweise auf die reiterlichen Grundhilfen können keine Reitlehre ersetzen. Sie sollen Dich aber vorab in Gedanken auf die Reitstunden vorbereiten und zum Gedankenaustausch mit dem Reitlehrer anregen. Und sie sollen Dir auch deutlich machen, wie das Pferd Deine reiterlichen Hilfen empfindet und wie es darauf antwortet, wenn Du im Sattel sitzt.

Wenn Du mehr über reiterliche Hilfen erfahren möchtest, so kauf' Dir ein Reitlehrbuch. Allerdings kann man von Reitbüchern allein nicht reiten lernen. Reitbücher können Dich aber anregen, über die reiterlichen Hilfen gründlich nachzudenken und sie im Reitunterricht so gut wie möglich anzuwenden. Reiten ist vor allem Gefühlssache. Da hilft nur praktisches Ausprobieren und Üben unter Anleitung eines Reitlehrers auf einem richtig ausgebildeten Schulpferd, das den reiterlichen Hilfen gehorcht. Die Grundausbildung in den reiterlichen Hilfen ist für jeden Reiter wichtig, ganz gleich ob er später Dressurreiter oder Springreiter oder Westernreiter oder Ponyreiter werden will.

Nimm' Dir gute Reiter zum Vorbild

Wenn Du von guten Reitern lernen willst, dann beobachte die Dressurreiter auf großen Turnieren oder die Bereiter der Spanischen Reitschule auf ihren Lipizzaner Schimmeln. Sie sind die besten Beispiele für den reiterlichen Sitz im Gleichgewicht und für feine, unsichtbare Hilfengebung. Doch trau' keinem Westernheld auf der Kinoleinwand oder im Fernsehen. Cowboys in Westernfilmen sind keine Vorbilder für Dich. Denn sie sind keine echten Cowboys, sondern Schauspieler, die zumeist gar nicht richtig reiten können. Sie reißen ihre Pferde absichtlich grob an den Zügeln herum und hauen ihnen die Sporen in die Weichen, um verwegene und energische Draufgänger vorzutäuschen. In Wahrheit quälen sie die Pferde mit ihrem angeberischen Gehabe, das die Bezeichnung Reiten nicht verdient. Echten Cowboys würde es niemals einfallen, ihre Pferde so unreiterlich zu behandeln. Sie sind fast immer gute Reiter, die sehr behutsam und schonend mit ihren Pferden umgehen, weil sie beim Herdentrieb auf ihre willige Mitarbeit angewiesen sind.

Wodurch verrät sich ein schlechter Reiter?

Ein schlechter Reiter gibt stets seinem Pferd die Schuld, wenn er etwas falsch gemacht hat. Er benutzt die Reitgerte als Prügelinstrument. Er zieht oder reißt an den Zügeln und haut seinem Pferd die Absätze in den Bauch. Er plumpst beim Aufsitzen schwerfällig in den Sattel und klappt im Trab und Galopp mit dem Gesäß, so daß seine Gesäßknochen hart auf den Pferderücken hämmern.

Das Pferd ist kein Sportgerät, das bezwungen und unterdrückt werden muß, wie manche Reiter meinen. Nur unverständige Reiter, die das Wesen des Pferdes nicht verstehen wollen, wenden Gewalt an, um das Pferd unter ihren Willen zu zwingen. Nicht Grobheit und rohe Kraft, sondern Geduld und Einfühlung in das Verhalten des Pferdes sind nötig um ein guter Reiter zu werden, in dessen Obhut das Pferd sich wohlfühlen kann. Mißverständnisse zwischen Mensch und Pferd verschuldet doch fast immer der Mensch, weil er das Tier falsch behandelt und sich keine Mühe gibt, dessen Wesen wirklich zu verstehen. Wenn Du Schwierigkeiten mit Deinem Pferd hast, denke zunächst darüber nach, ob Du etwas falsch gemacht hast. Suche den Fehler nicht beim Pferd, sondern bei Dir!

Erkenne einen guten Reiter!

Ein guter Reiter sucht stets bei sich selbst die Schuld, wenn sein Pferd falsch reagiert. Er benutzt die Reitgerte nur zur Unterstützung der Schenkelhilfe, indem er sie hinter dem Unterschenkel leicht an den Pferdebauch tippt. Er ist immer auf sanfte Zügelführung bedacht, um sein Pferd nicht im Maul zu stören. Er legt seine Unterschenkel leicht an den Pferdeleib und gibt die

Schenkelhilfen durch sanftes Reiben oder Drücken. Er läßt sich beim Aufsitzen behutsam und unmerklich in den Sattel gleiten. Im Trab und Galopp klebt sein Gesäß wie festgeleimt am Sattel. Seine reiterlichen Hilfen sind für den Zuschauer kaum zu sehen.

Wenn Du diese Grundregeln beherzigst, hast Du die ersten Schritte getan, um ein guter Reiter zu werden!

Der Mensch hat das Pferd nicht immer gut behandelt, obwohl er seinem treuen Helfer unendlich viel verdankt. Ein alter Reiterspruch verkündet: »Das höchste Glück der Erde liegt auf dem Rücken der Pferde«. Der Spruch sagt, was der Reiter fühlt. Er sagt nicht, was das Pferd empfindet. Das Glück erlebt allein der Reiter, das Pferd weiß nichts davon. Der Spruch verschweigt, daß das Pferd harte Arbeit leistet. Es hat die Reiterlast zu schleppen, es hat auf den Boden zu achten, damit es nicht stolpert, und es soll dem Willen des Reiters gehorchen, der bequem im Sattel sitzt und das Reiterglück genießt. Als Dank für das Glück auf dem Pferderücken sollte jeder Reiter sich bemühen, ein möglichst guter Reiter zu sein, damit er dem Pferd die Arbeit des Tragens erleichtern kann. Denn ein guter Reiter ist für das Pferd weniger anstrengend als ein schlechter Reiter.

So sollte der Spruch denn besser heißen:
»Das höchste Glück der Reiter liegt auf dem Rücken der Pferde. Und das große Glück der Pferde ist, wenn sie oft im Freien sein dürfen, wenn ihre Reiter sie verstehen und richtig mit ihnen umgehen!«

Zu den beiden Abbildungen rechts:

Dressursattel mit kleiner Auflagefläche, die Gesäßhilfen wirken direkt auf den Pferderücken ein.

Einzelteile des Sattels:
1 Sitzfläche des Reiters – 2 Sattelblatt – 3 Satteldecke – 4 Bügelriemen mit Steigbügel – 5 Sattelkammer – 6 Vorderzwiesel oder Sattelknopf – 7 Hinterzwiesel oder Sattelkranz – 8 Sattelkissen – 9 Haken oder Schloß für Steigbügelriemen – 10 Kniepausche – 11 drei Strippen für den Sattelgurt (die mittlere als Ersatz, falls eine Strippe reißt) – 12 Deckleder für Sattelgurtschnallen – 13 Halteband für Satteldecke.

Sattel und Zaum

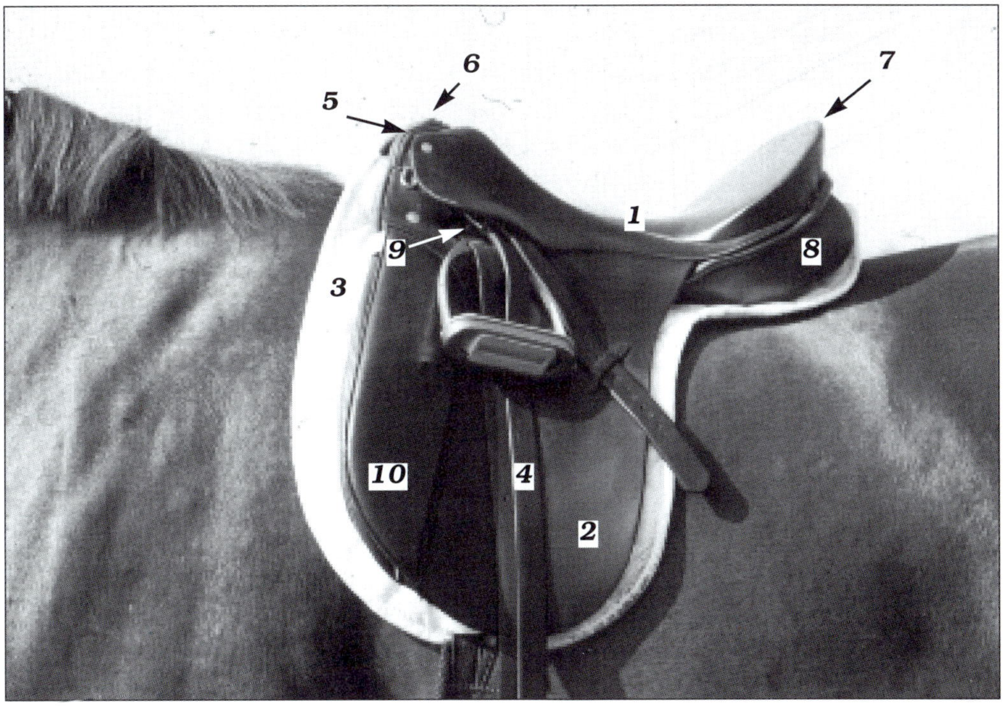

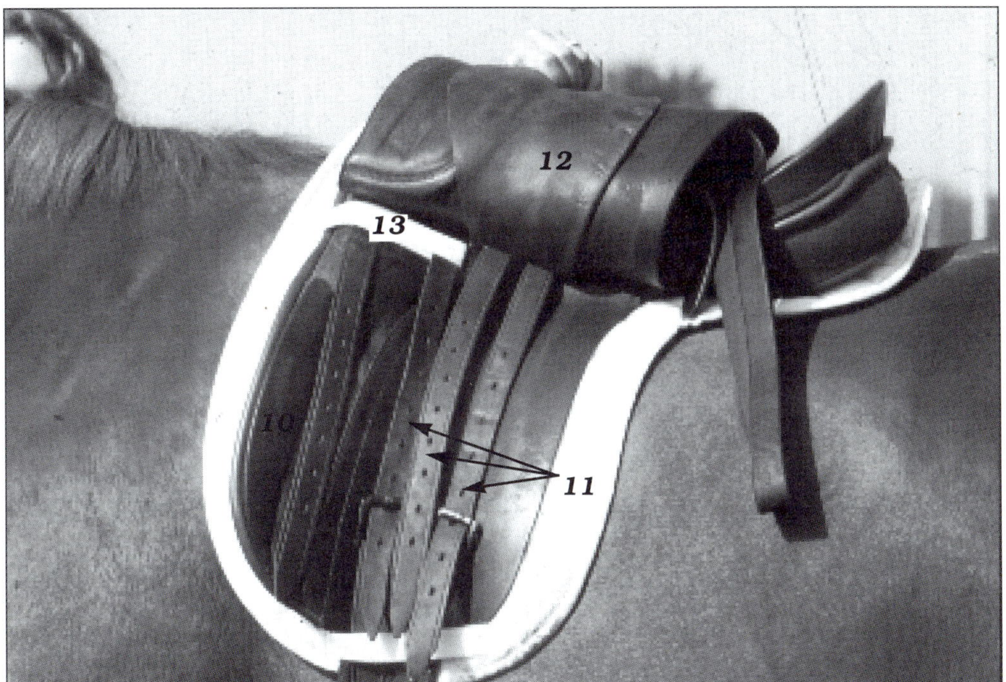

Sattel und Zaum

Sattel und Zaum sind das technische Gerät, mit dem der Reiter seine Hilfen auf das Pferd überträgt. Sie müssen dem Pferd genauso tadellos passen wie dem Reiter die Reithose. Sattel und Zaum dürfen weder drücken noch scheuern, weder zu eng noch zu weit sein. Sie dürfen dem Pferd keinerlei Unbehagen bereiten oder gar Schmerzen zufügen, sonst ist es dauernd abgelenkt und kann sich nicht auf die Hilfen konzentrieren, oder es widersetzt sich sogar den Hilfen des Reiters.

Der Sattel schont den Pferderücken

Pferde haben es nicht gern, wenn sie ohne Sattel geritten werden. Denn die harten Gesäßknochen des Reiters können ziemlich unangenehm auf den blanken Pferderücken drücken. Wenn Du beispielsweise auf einem harten, ungepolsterten Holzstuhl sitzt, die flache Hand unter Dein Gesäß schiebst und mit einem Gesäßknochen kräftig auf Deine Hand drückst, fühlst Du ähnlichen Druck auf Deinem Handrücken wie das Pferd auf seinem blanken, ungepolsterten Rücken. Erinnere Dich an das Pferd-Reiter-Spiel, als Dein kleiner Bruder auf Deinem Rücken herumhoppelte! Dann weißt Du, was das Pferd im Rücken fühlt, wenn es keinen Sattel trägt. Der Sattel erleichtert dem Pferd das Tragen der Reiterlast, weil er gepolstert ist und den Gewichtsdruck des Reiters auf eine größere Rückenfläche verteilt. Und dem Reiter verleiht der Sattel einen festeren Sitz und mehr Bequemlichkeit.

Die Unterseite des Sattels ist mit zwei Längskissen gepolstert, die beiderseits der Wirbelsäule dem Pferderücken aufliegen. Über der Wirbelsäule, zwischen den Polstern, bleibt ein Hohlraum, der sich wie ein Tunnel durch die ganze Länge des Sattels zieht, so daß die Luft hindurchstrei-

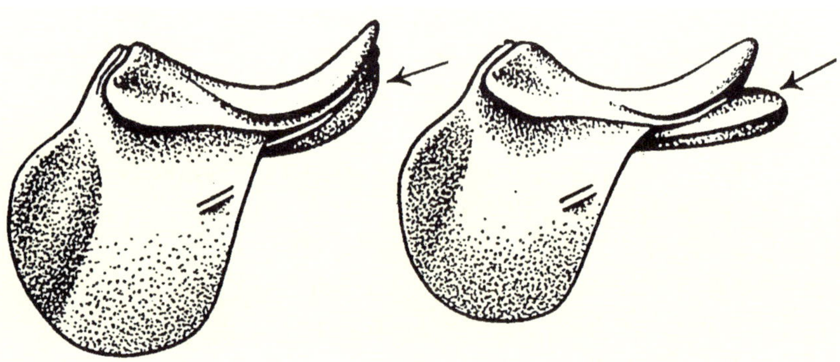

***Links:** Ein Vielseitigkeitssattel mit kleiner Auflagefläche, der sich für den Reitunterricht in der Reitbahn, für kürzere Ausritte und zum Springen eignet. Die beiden Sattelkissen, die dem Pferderücken aufliegen, sind nicht länger als die Sitzfläche für den Reiter (Pfeil).*

***Rechts:** Ein Vielseitigkeitssattel mit großer Auflagefläche, der sich für längere Wanderritte eignet. Die beiden Sattelkissen, die dem Pferderücken aufliegen, sind länger als die Sitzfläche des Sattels und verteilen das Reitergewicht auf eine größere Fläche (Pfeil). Sie erleichtern dem Pferd das Tragen der Reiterlast. Die nach hinten herausragenden Sattelkissen nennt man Trachten.*

chen kann. Vorn am Sattel ist der Hohlraum höher aufgewölbt. Diese Aufwölbung heißt Sattelkammer, genauso wie jener Raum, in dem Sättel und Zaumzeuge aufbewahrt werden. Die Aufwölbung verhindert, daß die Vorderkante des Sattels den knöchernen Widerrist des Pferdes wundscheuert.

Westernsattel (Cowboysattel) mit langer und breiter Auflagefläche, die das Reitergewicht auf eine große Rückenfläche verteilt.

Sättel sind verschieden

Reitsättel unterscheiden sich hauptsächlich durch die Form ihrer Sitzfläche, die der Reiter besetzt und durch die Größe ihrer Auflagefläche, die dem Pferderücken aufliegt. Je länger und breiter die gepolsterte Auflagefläche eines Sattels ist, desto geringer wird der Druck auf den Pferderücken, weil sich das Reitergewicht auf eine größere Fläche verteilt. Je kürzer und schmaler die Auflagefläche eines Sattels ist, desto stärker überträgt sich der Gesäßdruck auf den Pferderücken, weil er sich auf eine kleinere Fläche konzentriert.

Die Wirkung der Gewichtsverteilung ist die gleiche wie beim Skilaufen. Ein Skiläufer gleitet leicht und mühelos über eine hohe Schneedecke hinweg ohne einzusinken, weil sich sein Gewicht auf die ganze Länge beider Bretter verteilt. Ein Fußgänger hingegen, der mühsam durch den hohen Schnee stapft, sackt mit jedem Schritt tief ein, weil seine ganze Körperlast auf den kleinen Flächen der Schuhsohlen ruht, die nicht groß genug sind, um das Gewicht zu verteilen.

Ein Sattel mit großer Auflagefläche, zum Beispiel ein Westernsattel, eignet sich besonders gut für stunden- und tagelange Wanderritte, weil er dem Pferd das Tragen des Reitergewichtes erleichtert. Der Gesäßdruck ist für das Pferd weniger spürbar, weil sich die Reiterlast auf eine lange und breite Rückenfläche verteilt.

Für die Reitausbildung in der Reitbahn hingegen ist ein Sattel mit kleiner Auflagefläche, zum Beispiel ein Vielseitig-

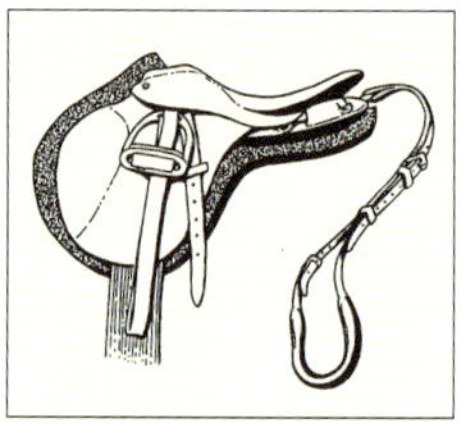

Vielseitigkeitssattel mit langen Trachten (große Auflagefläche für den Pferderücken) und Schweifriemen für Pferde mit niedrigem Widerrist, zum Beispiel für Islandponys.

keitssattel, besser geeignet, weil die Gesäßhilfen des Reiters stärker und direkter auf den Pferderücken einwirken. Der Gesäßdruck wird deutlicher, aber auch anstrengender für den Pferderücken. Doch in der Reitbahn sitzt der Reiter meist nur kurze Zeit im Sattel.

Die Satteldecke

Um den Pferderücken vor Druckstellen und Scheuerwunden zu schützen, liegt der Sattel auf einer Satteldecke, die der Form des Sattels genau angepaßt ist. Für lange Ritte verwendet man eine dicke, weiche Filzdecke als zusätzliche Polsterung. Für die Reitausbildung in der Reitbahn ist eine dünnere Satteldecke zweckmäßiger, damit sich die Gesäßhilfen genauer auf den Pferderücken übertragen.

Der Sattelgurt

Der Sattelgurt hat etwa die Breite einer Hand und ist an beiden Seiten des Sattels an jeweils zwei Strippen unter dem Sattelblatt eingeschnallt. Er verläuft um die Brust des Pferdes, hält den Sattel fest in seiner Lage und bewahrt ihn vor dem Verrutschen. Der straffsitzende Sattelgurt ist angenehmer für das Pferd zu ertragen, wenn er mit einem Schaffellüberzug versehen ist. So werden Einklemmungen und Scheuerwunden der Haut vermieden. Für Pferde mit hohem Widerrist genügt der Sattelgurt allein, weil der Sattel nicht nach vorn rutschen kann. Für Pferde mit flachem Widerrist, zum Beispiel Ponys, ist ein zusätzlicher Schweifriemen von Nutzen. Er verhindert, daß der Sattel nach vorn auf den Widerrist rutscht und der Reiter die Vorhand des Pferdes zu stark belastet.

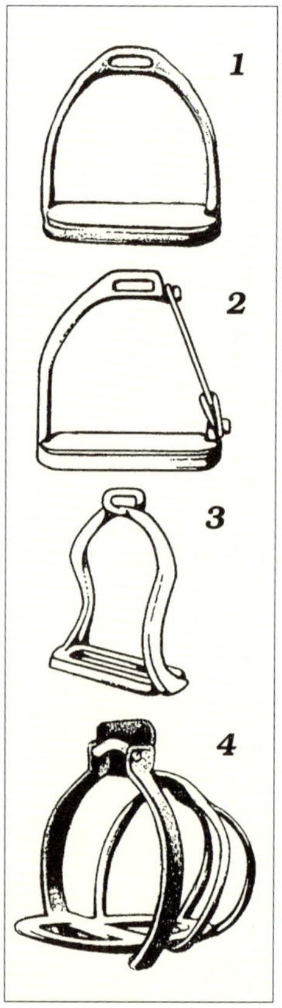

Verschiedene Formen des Steigbügels.

1 Moderner Sport-Steigbügel mit geriffelter Gummieinlage, die ein Verrutschen des Fußes weitgehend verhindert.
2 Einschenkliger Sicherheits-Steigbügel, dessen zweiter Schenkel durch ein Gummiband ersetzt ist. Falls der Reiter abgeworfen wird, reißt es ab, und verhindert, daß der Reiter im Bügel hängenbleibt und am Boden mitgeschleift wird.
3 Sicherheits-Steigbügel mit ausgebuchteten Schenkeln, der beim Sturz ein Verkanten und Hängenbleiben des Fußes verhindert.
4 Korbförmiger Gardian-Steigbügel, der von den reitenden Stierhirten in der Camargue benutzt wird. Er ist aus Eisen handgeschmiedet, ein Hängenbleiben des Fußes ist ausgeschlossen. Besonders geeignet für Anfänger im Gelände. Man kann diesen Steigbügel freilich nur in Südfrankreich kaufen.

Steigbügel und Steigbügelriemen

Die Steigbügelriemen müssen aus gutem, festem Leder sein, damit sie nicht reißen, wenn der Reiter aufsitzt oder im Trab oder Galopp in den Steigbügeln steht. Die Steigbügel sollen groß und schwer sein, damit sie straff herunterhängen und sich notfalls leicht vom Fuß lösen. Für Reitanfänger sind Sicherheitssteigbügel besonders gut geeignet. Bei einem Sturz des Reiters vom Pferd geben sie sofort seinen Fuß frei, so daß er nicht hängen bleibt und am Boden mitgeschleift wird. Eine geriffelte Gummieinlage im Steigbügel verleiht der Stiefelsohle eine bessere Haftung, so daß der Fuß nicht so leicht aus dem Steigbügel rutscht.

Richtig satteln

Der Sattel wird mit übergelegtem Sattelgurt von der linken Seite auf den Widerrist des Pferdes gelegt und langsam mit der Wuchsrichtung der Fellhaare nach hinten in den tiefsten Punkt des Pferderückens geschoben. Niemals umgekehrt, damit die Fellhaare nicht durcheinander geraten und Druckstellen verursachen! Die Mitte der Sitzfläche des Sattels (der tiefste Punkt) soll auch mit dem tiefsten Punkt des Pferderückens übereinstimmen, damit der Reiter im Gleichgewicht sitzt. Wenn der Sattel falsch liegt, muß er noch einmal von vorn nach hinten auf den Rücken geschoben werden. Nicht hin und her rücken! Die Satteldecke wird vorn am Sattel

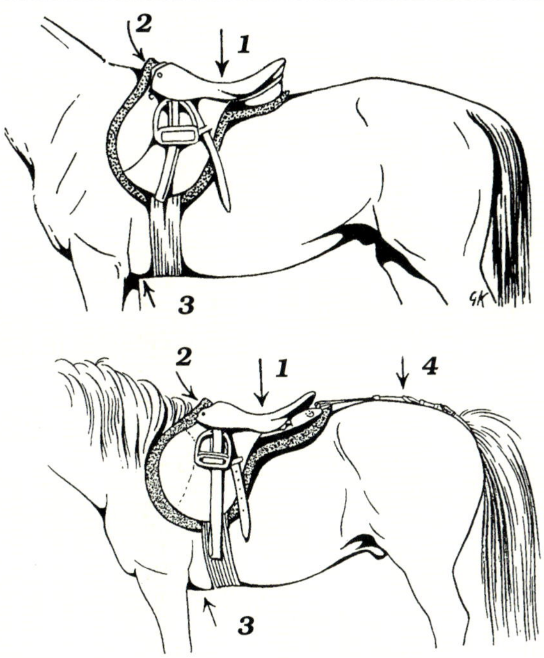

Die richtige Sattellage bei Pferd (oben) und Pony (unten).

1 Der tiefste Punkt der Sitzfläche des Sattels muß mit dem tiefsten Punkt des Pferderückens übereinstimmen.

2 Die Satteldecke muß hoch in die Sattelkammer gezogen sein, damit sie den Widerrist nicht wundscheuert.

3 Der Sattelgurt muß eine Handbreit vom Ellbogen entfernt liegen, damit das Vorderbein des Pferdes in seiner Bewegungsfreiheit nicht eingeschränkt wird.

4 Der Schweifriemen verhindert, daß der Sattel bei Pferden mit flachem Widerrist nach vorn rutscht. Der Schweifriemen darf nicht zu straff gespannt sein, man muß noch eine aufrechte Handbreite zwischen Pferderücken und Schweifriemen schieben können.

hoch in die Sattelkammer gezogen, sie wird »ausgekammert«, damit sie den Widerrist nicht berührt. Dann wird der Sattelgurt auf der Gegenseite langsam heruntergelassen, unter dem Pferdebauch herübergeholt und in das erste Loch der Sattelstrippen eingeschnallt. Damit sich das Pferd nicht plötzlich unangenehm eingezwängt fühlt, führt man es einige Schritte und zieht dann den Sattelgurt ganz allmählich, Loch für Loch, etwas fester an. Der Sattelgurt liegt eine Handbreit von den Ellbogen des Pferdes entfernt, damit die Bewegungen der Vorderbeine nicht eingeengt werden. Nachdem der Reiter einige Minuten geritten ist, kann er den Sattelgurt bei Bedarf vom Sattel aus noch fester anziehen. Bei Verwendung eines Schweifriemens wird zuerst die große Schlaufe um die Schweifrübe gelegt, ohne die Schweifhaare einzuklemmen, und dann der lange Riemen am Hinterzwiesel des Sattels so eingeschnallt, daß der Sattel nicht nach vorn rutschen kann.

Zäumung auf Knebeltrense mit hannoverschem Reithalfter. Die Knebel haben genügend Spielraum zu den Maulwinkeln und sind an den oberen Enden durch Schlaufen an den Backenstücken des Trensenzaumes befestigt, damit die Knebeltrense gerade im Pferdemaul liegt. Der Nasenriemen des hannoverschen Reithalfters liegt eine Handbreit über den Nüstern, so daß die Atmung des Pferdes nicht beeinträchtigt wird.

Die Zäumung des Pferdes

Die Zäumung dient der Zügelführung des Reiters. Die einfachste Zäumung ist der Trensenzaum, der für angehende Reiter am besten geeignet ist. Denn Anfänger sind in der Zügelführung noch unsicher und unerfahren und können auch bei falscher Hilfengebung mit dem Trensengebiß kaum Schaden im Pferdemaul anrichten. Es gibt mehrere Modelle von Trensengebissen. Das angenehmste Mundstück für das Pferdemaul ist die Knebeltrense, weil sie die Maulwinkel nicht einklemmen und verletzen kann. Zudem liegt sie ruhiger und gerader auf der Zunge im Pferdemaul, als alle anderen Trensenmundstücke, weil sie mit ihren Knebeln zusätzlich an den Backenriemen befestigt ist. Sie kann nicht aus Versehen seitlich durch das Maul gezogen werden, außerdem ist die Zügelführung genauer.

Das zweitbeste Trensenmundstück ist die Olivkopftrense. Verletzungen der Maulwinkel sind ebenfalls weitgehend ausgeschlossen. Doch das Mundstück liegt nicht so ruhig und gerade im Pferdemaul wie die Knebeltrense, weil die Knebel zum Festmachen fehlen. Jedes Trensengebiß muß so breit sein, daß die Maulwinkel an jeder Seite jeweils noch einen Zentimeter Spielraum bis zu den Knebeln oder bis zu den Trensenringen haben, damit das Maul nicht eingeengt wird.

Das Trensengebiß wird durch einen Riemen im Pferdemaul gehalten, der von einem Trensenring über das Genick des Pferdes zum anderen Trensenring verläuft. Der Riemen muß so lang geschnallt sein, daß die Maulwinkel von der Trense nicht hochgezogen werden.

Damit der Genickriemen nicht verrutscht, wird er durch den Stirnriemen und den Kehlriemen in seiner Lage gesichert. Zwischen Stirnriemen und Genickriemen muß ausreichend Platz bleiben, damit sich die Ohren des Pferdes frei und ungehindert bewegen können. Der Kehlriemen wird so locker geschnallt, daß Du Deine Hand bequem zwischen Kehlriemen und Kehle des Pferdes schieben kannst. Diese Lederkonstruktion ist der einfache Trensenzaum, der die Aufgabe hat, das Trensengebiß in der richtigen Lage im Pferdemaul zu halten.

Zusätzlich zum Trensenzaum verwendet man ein Reithalfter, das ein weites Aufsperren des Pferdemaules verhindert und die Zügelhilfen für das Pferd deutlicher und genauer

Der Kinnriemen muß so locker geschnallt sein, daß Du zwei Finger zwischen Nasenriemen und Nasenrücken des Pferdes schieben kannst.

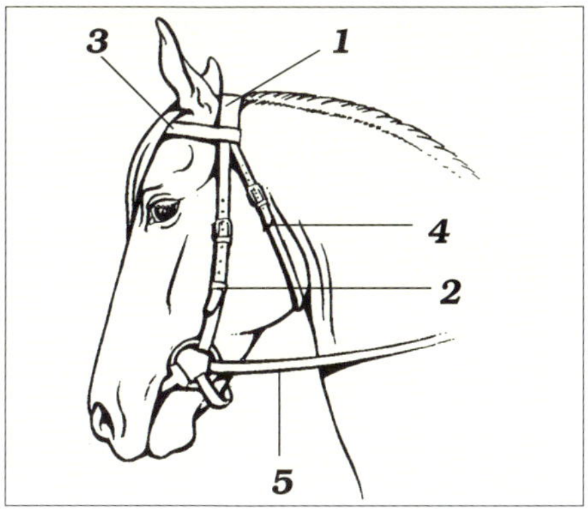

Oben: Einfacher Trensenzaum mit Olivkopftrense ohne Reithalfter. 1 Genickstück – 2 Backenstücke 3 Stirnriemen 4 Kehlriemen – 5 Zügel.

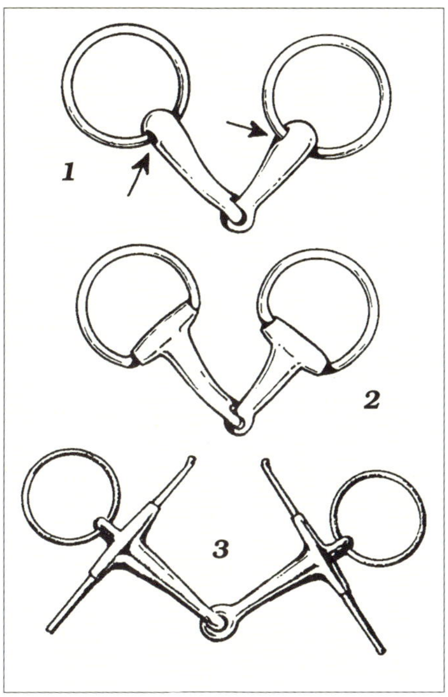

Abbildung unten: Verschiedene Trensenmundstücke.

1 Einfache Wassertrense, die Ringlöcher leiern mit der Zeit aus und bilden scharfe Grate, die die Maulwinkel des Pferdes verletzen können.

2 Olivkopftrense, die Ringlöcher liegen nicht direkt an den Maulwinkeln, deshalb ist die Verletzungsgefahr gering.

3 Knebeltrense, beste Trensenzäumung, weil die Knebel (Stäbe) an den Maulwinkeln jede Verletzungsgefahr ausschließen.

macht. Das Reithalfter besteht aus dem Nasen-Kinn-Riemen, der oberhalb der Nüstern um den Pferdekopf verläuft, und dem Kopfgestell, einem dünnen Riemen, der wie beim Trensenzaum über das Genick läuft, um den Nasen-Kinn-Riemen auf der gewünschten Höhe zu halten. Es gibt drei Reithalfter-Konstruktionen. Der Nasen-Kinn-Riemen muß bei jeder Konstruktion so locker geschnallt sein, daß Du zwei Finger zwischen den Nasenrücken des Pferdes und den Nasenriemen durchschieben kannst, damit das Pferd ungehindert atmen und bequem die Kaubewegung machen kann.

Beim hannoverschen Reithalfter liegt der Nasenriemen eine Handbreit über dem oberen Rand der Nüstern, der Kinnriemen verläuft unterhalb des Trensengebisses um das Pferdemaul. Wenn dieser zu eng geschnallt wird, gerät das Pferd in Atemnot und kann nicht mehr ausreichend kauen.

Beim englischen Reithalfter liegt der Nasen-Kinn-Riemen etwa zwei Handbreit über den Nüstern und verläuft oberhalb des Trensengebisses um den Pferdekopf. Dieser ist für das Pferd am angenehmsten, weil es ungehindert atmen und kauen kann.

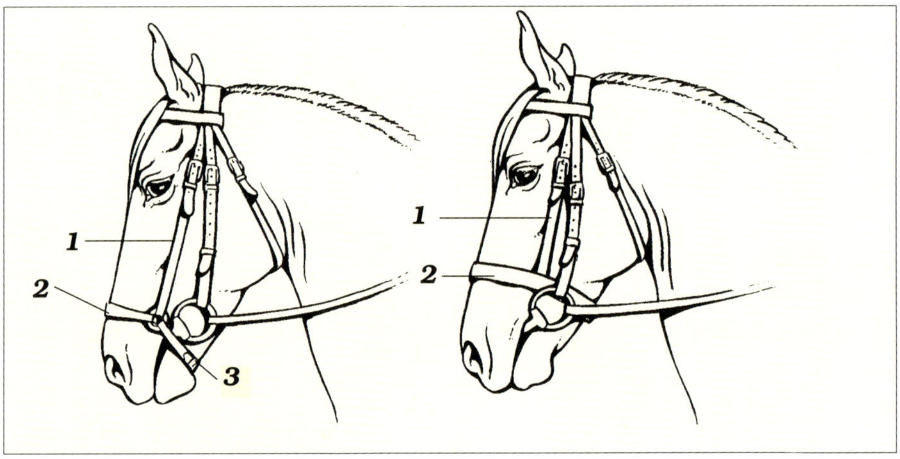

***Links:* Ein Trensenzaum mit Olivkopftrense und hannoverschem Reithalfter. Teile des hannoverschen Reithalfters: 1 Kopfgestell, 2 Nasenriemen, 3 Kinnriemen, der unterhalb des Trensengebisses um das Pferdemaul verläuft.**

***Rechts:* Ein Trensenzaum mit englischem Reithalfter. Teile des englischen Reithalfters: 1 Kopfgestell, 2 durchlaufender Nasen-Kinn-riemen, der oberhalb des Trensengebisses um den Pferdekopf verläuft.**

Trensenzaum mit Wassertrense und kombiniertem Reithalfter, das wie das englische Reithalfter konstruiert ist. Eine Schlaufe am Nasenriemen hält einen zusätzlichen verlängerten Kinnriemen, der unterhalb des Trensengebisses um das Pferdemaul verläuft. Beste Reithalfter-Konstruktion, weil sie dem Pferd ungehindertes Atmen erlaubt und genaue Zügelhilfen ermöglicht.

Das kombinierte Reithalfter ist eine Mischung aus beiden. Es ist genauso wie das englische Reithalfter konstruiert und hat noch einen zusätzlichen Kinnriemen, der wie beim hannoverschen Reithalfter unterhalb des Trensengebisses um das Pferdemaul verläuft. Das kombinierte Reithalfter gestattet dem Pferdemaul genügend Freiheit in der Kaubewegung und den Nüstern ungehinderte Atmung, gleichzeitig verleiht es den Zügelhilfen die erforderliche Genauigkeit. Es ist den beiden anderen Reithalfter-Konstruktionen zumeist vorzuziehen.

Das Zaumzeug darf an keiner Stelle drücken oder scheuern, es darf weder zu eng noch zu weit sein. Sonst reagiert das Pferd widerspenstig auf die Hilfengebung, weil es durch Schmerzen abgelenkt ist. Nasenriemen und Kehlriemen dürfen die Atmung nicht beeinträchtigen und der Kinnriemen darf das Maul nicht zuschnüren. Es würde Dir bestimmt nicht gefallen, wenn Du in zu engen Schuhen einen weiten Weg laufen müßtest und Dir die Füße wundscheuertest. Genau so unangenehm ist für das Pferd ein unpassendes Zaumzeug.

1

2

3

So legt »Bea« dem Pferd den Trensenzaum auf: 1 Die rechte Hand liegt auf dem Nasenrücken des Pferdekopfes und hält den Trensenzaum in der Mitte der Backenstücke. Die linke Hand schiebt das Trensenmundstück in das Pferdemaul, wobei der Daumen in den Maulwinkel des Pferdes drückt, damit es das Maul öffnet. 2 Das Genickstück wird zuerst über das rechte Pferdeohr gestreift. 3 Dann folgt das linke Ohr. Anschließend wird das Zaumzeug gerade gerückt und verschnallt.

Pferde sind Lauftiere

Jeden Morgen warten die Lipizzaner Hengstfohlen ungeduldig in ihrem großen Laufstall, daß sie auf die Weide hinausstürmen dürfen.

Pferde sind Lauftiere

Auf ständiger Suche nach fruchtbaren Weidegründen mußten die Wildpferde im Wechsel der kalten und warmen Jahreszeiten in der Wildnis einstmals weite Strecken zurücklegen. Denn in der kalten Winterszeit wurden in nördlichen Lebensräumen die Futterpflanzen knapp. Weiter im Süden war immer noch Futter zu finden. Bei der täglichen Nahrungsaufnahme grasten sie sich Schritt für Schritt voran, immer in der Hoffnung, noch bessere Futterplätze zu entdecken. Das emsige Graszupfen wurde nur von wenigen Ruhepausen unterbrochen. Da Pferde nur kleine Portionen Pflanzennahrung hinunterschlucken können, sind sie gezwungen, fast unaufhörlich zu fressen um satt zu werden. Auch bei unseren Hauspferden kannst Du beobachten, wie sie beim Grasen auf der Weide langsam weiterziehen und dauernd in Bewegung sind, wenn sie nicht gerade Mittagsruhe halten.

Wildpferde zeigten nicht nur Ausdauer im Schrittempo auf der Nahrungssuche, sie waren auch flinke Läufer, die bei Gefahr ihr Heil in der Flucht suchten. Denn das Wildpferd wurde allerorten von Raubtieren gejagt. Um seinen natürlichen Feinden rasch entkommen zu können, entwickelte es sich zum flüchtigen Lauftier, das den meisten anderen Wildtieren an Schnelligkeit weit überlegen war. Schnelle Flucht wurde die lebensrettende Waffe des Wildpferdes gegen beutegierige Verfolger.

Das Knochengerüst des Pferdes, seine Beine und seine Gangbewegungen spezialisierten sich auf ausdauernden und schnellen Lauf geradeaus über lange Strecken. Deshalb bewegt es sich auf engem Raum ziemlich ungeschickt. Seitwärtsgehen und auch enge Kehrtwendungen wirken eher schwerfällig und unbeholfen, weil das Knochengerüst wenig biegsam ist. Die geringe Gelenkigkeit des Pferdes kannst Du in der Enge des Stalles beobachten, wenn es sich steif um sich selbst dreht oder wenn es sich umständlich hinlegt und aufsteht.

Gleichwohl weiß das Pferd seine Hufe geschickt zu gebrauchen. Wenn es den Kopf weit zurückbiegt, kann es sich mit dem Hinterhuf hinter dem Ohr kratzen. Und wenn es über einen gestürzten Reiter stolpert, ist es bemüht, den Reiter nicht zu treten und zu verletzen. Es geschieht nur ganz selten, daß ein am Boden liegender Mensch versehentlich von Pferdehufen getroffen wird. Wenn das Pferd sich gegen einen angreifenden Hund verteidigt, vermag es mit den Hufen ziemlich genau zu treffen.

Das flüchtige Lauftier war immerfort auf Wanderschaft und in weiten Lebensräumen zuhause. Und weil die wilden Urahnen unserem Hauspferd das Gefühl für die Weite und den Drang zur Bewegung vererbt haben, braucht ein Pferd viel Raum um sich, wenn es sich wohlfühlen soll. Deshalb ist der enge Stall, an den sich mittlerweile viele Pferde gewöhnen mußten, eigentlich nicht der richtige Lebensraum. Dennoch ist der Stall ein notwendiger Wetterschutz für empfindliche Pferde, die unser naßkaltes Wetter im Winter nicht vertragen. Pferde, die den ganzen Tag im Stall stehen müssen und nur eine Stunde geritten werden, haben viel zu wenig Bewegung. Das dauernde Stillstehen widerspricht ihrer Natur. Aus Verzweiflung gewöhnen sie sich häufig Unarten an, die ihrer Gesundheit schaden. Das Bedürfnis des Pferdes nach Auslauf und Bewegung und nach frischer Luft hat sich bis heute nicht geändert, obwohl es seit vielen Jahrhunderten im Stall gehalten wird. Deshalb sollte man jedem Stallpferd bei trockenem Wetter täglich einige Stunden Auslauf gönnen, damit es an Leib und Seele gesund bleibt.

Die Kraft kommt aus der Hinterhand

Der Antriebsmotor zum Laufen und Springen liegt in der Hinterhand des Pferdes. Die Hinterbeine, die sehr viel stär-

Das seitwärtige Pendeln des Pferdebauches im Schritt ist deutlich zu erkennen, wenn ein Pferd ausnahmsweise mit hängenden Steigbügeln geführt wird. Wenn das linke Hinterbein vorschwingt, immer vom Reiter aus gesehen, wölbt sich der Pferdebauch auf der rechten Seite des Pferdes heraus und der rechte Steigbügel schlenkert nach außen. Wenn das rechte Hinterbein vorschwingt, wölbt sich der Pferdebauch auf der linken Seite heraus und der linke Steigbügel schlenkert nach außen.

Fußfolge im Schritt. Die Hufe fußen einzeln nacheinander auf und heben einzeln wieder ab. In jeder Schrittfolge sind...

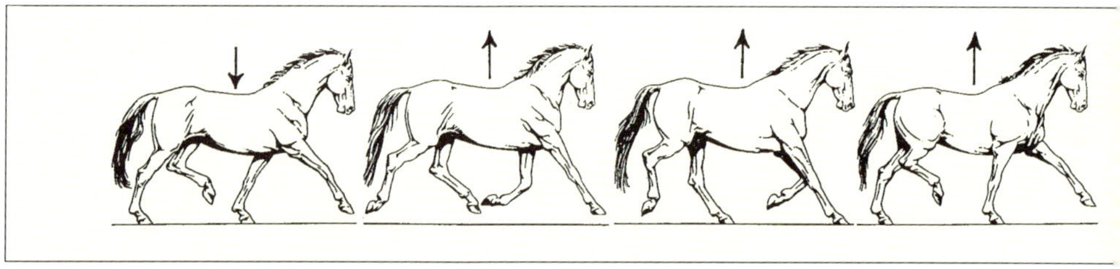

Trittfolge im Trab. Im Trab fußen immer zwei Hufe gleichzeitig auf, nähmlich einmal der rechte Hinterhuf und der linke Vorderhuf, und dann der linke Hinterhuf und der rechte Vorderhuf. Dazwischen liegt eine Schwebephase, genauso wie in der Bildfolge.

Sprungfolge im Galopp. Der Galopp besteht aus fortlaufenden Sprüngen. Nach jedem Galoppsprung fußen die Hufe in einer abrollenden Bewegung nacheinander auf. Während des Sprunges schweben alle vier Hufe gleichzeitig in der Luft.
Im Rechtsgalopp fußt das Pferd nach jedem Sprung zuerst mit dem linken Hinterhuf auf. Dann folgen der rechte Hinterhuf und der linke Vorderhuf gleichzeitig. Anschließend hebt der linke Hinterhuf wieder ab. Zuletzt fußt der rechte Vorderhuf...

ker und kräftiger bemuskelt sind als die Vorderbeine, schnellen den Pferdekörper schwungvoll nach vorn. Die schwächeren Vorderbeine hin gegen begnügen sich damit, die Vorwärtsbewegung zu unterstützen und weiterzutragen.

Der Schritt

Die Grundgangarten des Pferdes sind Schritt, Trab und Galopp. Für den Reitanfänger ist der langsame, ruhige Schritt am leichtesten auszusitzen, weil er im Sattel nicht hochgeworfen wird. Wenn das

... beim Auffußen vier Hufschläge zu hören. Die Bildfolge zeigt Dir, wie die Hufe nacheinander auffußen und abheben.

Die Pfeile zeigen Dir, wann der Reiter beim Leichttraben in den Sattel einsitzt (Pfeile nach unten) und wann er aufsteht (Pfeile nach oben). Der Reiter würde in diesem Fall auf dem rechten Hinterhuf leichttraben, also auf der rechten Hand in der Reitbahn, weil er in den Sattel einsitzt, wenn der rechte Hinterhuf auffußt (Bild 6).

...auf. Dann heben rechter Hinterhuf und linker Vorderhuf wiederum gleichzeitig ab, und schließlich auch der rechte Vorderhuf, so daß alle vier Hufe gleichzeitig in der Luft schweben, genauso wie in der Bildfolge. Im Linksgalopp fußt das Pferd nach dem Sprung zuerst mit dem rechten Hinterhuf auf, dann folgen linker Hinterhuf und rechter Vorderhuf gleichzeitig und schließlich der linke Vorderhuf. Hier läuft das Pferd im Rechtsgalopp, weil der rechte Vorderhuf am weitesten nach vorn auffußt (Bild 4).

Pferd auf einer harten Asphaltstraße Schritt geht, kannst Du im Ablauf der Schrittfolge jeweils vier Hufschläge hören, weil alle vier Hufe einzeln nacheinander aufsetzen. Beim Reitunterricht an der Longe hast Du erfahren, wie beim Anheben und Vorschwingen eines Hinterbeines der Pferderücken sich für einen kurzen Augenblick anhebt und der Pferdebauch zur Seite pendelt. Du erinnerst Dich? Anfangs mußt Du fleißig üben, um Dich in die Schrittbewegung ganz genau einzufügen.

Der Trab

»Ruth«, die Dressurreiterin, zeigt Dir auf ihrem Fuchs, wie man leichttrabt. Während der rechte Hinterhuf auffußt, sitzt sie in den Sattel ein. Beim nächsten Trabtritt, wenn der linke Hinterhuf auffußt, hebt sie das Gesäß leicht an und überschlägt den Trabstoß im Sattel. Im Schwung der Vorwärtsbewegung neigt sie dabei den Oberkörper etwas nach vorn. Leichttraben ist eine Erleichterung für Pferd und Reiter und wird deshalb auf längeren Ritten im Gelände immer bevorzugt.

Der Trab ist schwieriger auszusitzen als der Schritt, weil der Reiter mit jedem Trabtritt einen Stoß im Gesäß erfährt und hochgeworfen wird, so daß er anfangs leicht aus dem Gleichgewicht geraten kann.

Mit Hilfe der Steigbügel lassen sich die Trabstöße jedoch vermindern, indem er »leichttrabt«. Dabei stellt er sich mit jedem zweiten Trabtritt kurz in den Fußstützen auf, lüftet das Gesäß und neigt den Oberkörper mit dem Schwung der Vorwärtsbewegung ein wenig nach vorn. So kann er jeden zweiten Stoß im Gesäß überschlagen.

Beim Leichttraben sitzt der Reiter jedesmal in den Sattel ein, wenn dasselbe Beinpaar des Pferdes auffußt. Wenn Du im Gesäß noch nicht fühlen kannst, welches Beinpaar gerade auffußt, dann beobachte von oben die Schulter des Pferdes. Wenn sich die linke Schulter nach vorn herauswölbt, fußen das linke Vorderbein und das rechte Hinterbein gleichzeitig auf. Wenn sich die rechte Schulter vorwölbt, fußen das rechte Vorderbein und das linke Hinterbein gleichzeitig auf.

In der Reitbahn gilt die Regel, daß stets auf dem inneren Hinterhuf leichtgetrabt wird. Auf der rechten Hand, also rechts herum, sitzt Du deshalb immer dann in den Sattel ein, wenn die linke Pferdeschulter nach vorn geht, wenn also das linke Vorderbein und das rechte Hinterbein gleichzeitig auffußen. Auf der linken Hand sitzt Du in den Sattel ein, wenn die rechte Pferdeschulter vorgeht, wenn also rechtes Vorderbein und linkes Hinterbein gleichzeitig auffußen. Auf festem Boden sind in der Trittfolge des Trabes zwei Hufschläge zu hören, weil stets zwei Hufe gleichzeitig aufsetzen, nämlich hinten links-vorn rechts, oder hinten rechts-vorn links.

Der Galopp

Auch der Galopp ist für den Reitanfänger zunächst nicht leicht auszusitzen, weil die schnellste Gangart des Pferdes aus fortlaufenden Sprüngen besteht, die ihn aus dem Gleichgewicht bringen können. Erst mit zunehmender Übung lernt er, am Sattel zu kleben und die Sitzfläche mit jedem Galoppsprung gleichmäßig auszuwischen, ohne dem Pferd in den Rücken zu fallen. Auf festem Boden sind nach jedem Galoppsprung drei Hufschläge zu hören, weil zuerst ein Hinterhuf, dann gleichzeitig der andere Hinterhuf und ein Vorderhuf und zuletzt der andere Vorderhuf aufsetzen. Man unterscheidet Rechtsgalopp und Linksgalopp. Wenn das rechte Vorderbein des Pferdes am weitesten nach vorn ausgreift und auffußt, geht das Pferd im Rechtsgalopp. Wenn das linke Vorderbein am weitesten nach vorn greift, geht es Linksgalopp. In der Reitbahn wird auf der rechten Hand Rechtsgalopp und auf der linken Hand Linksgalopp geritten.

Wildpferde waren geländegängig und trittsicher

Im Wildleben bewegte sich das Pferd die meiste Zeit im Schritt um in der langsamen Gangart geruhsam grasen zu können. Der Galopp war die schnelle, aber auch anstrengende Gangart für lebensrettende Flucht, wenn es von Raubtieren verfolgt wurde. Mittleres Tempo, wie der Trab, war die Dauergangart für lange Strecken, wenn die Wildpferde zügig, aber ohne Eile und große Anstrengung, entfernte Wasserstellen oder Futterplätze erreichen wollten.

Manche Wildpferde lebten in Gebieten, in denen der Boden schwierig zu begehen war. Im Winter behinderten Eis und Schnee das Fortkommen und im Sommer galt es, gefährliche Sümpfe und holpriges Felsgeröll zu überwinden. Auf unebenem und schlüpfrigem Boden bemühten sich die Wildpferde, ihre Hufe so geschickt und vorsichtig aufzusetzen, daß sie ihre Beine nicht verletzten und möglichst wenig Kraft verbrauchten. Im mittleren Gangtempo gewöhnten sie sich deshalb geländegängige und kräfteschonende Fußfolgen an. Sie setzten ihre Hufe in anderer Reihenfolge auf als im Trab, dessen Fußfolge besser für ebenen Boden geeignet war.

Das Erbe der wilden Urahnen mit jenen geländegängigen Gangarten hat sich bis heute in einigen Pferderassen erhalten. Die beiden zusätzlichen

Gangarten im mittleren Tempo, die sich durch verschiedene Fußfolgen unterscheiden, heißen Paßgang und Tölt. In aller Welt gibt es Pferde, denen Trab oder Paßgang oder Tölt oder auch zwei oder alle drei Gangarten angeboren sind. Die Gangarten Schritt und Galopp sind allen Pferden auf unserer Erde geläufig.

Der Paßgang

Für den Reiter ist der Paßgang die bequemste Gangart im mittleren Tempo. Paßgang ist von jedem Reitanfänger leicht auszusitzen, weil der Reiter keine Erschütterungen verspürt und im Sattel nicht angestoßen und hochgeworfen wird. Reiter in der Mongolei schätzen Paßgänger am meisten, weil sie die bequemsten und ausdauerndsten Reisepferde für lange Strecken sind. Der Paßgang schont Kräfte und Gelenke des Pferdes und ermüdet weniger als die beiden anderen mittelschnellen Gangarten Trab und Tölt. In hohem Alter bevorzugen Pferde und Hunde und viele andere Tiere häufig die schonende Gangart, weil die steifen Glieder schwungvolles Ausschreiten nicht mehr zulassen.

Doch es gibt zwei Ausnahmen. Der sehr schnelle Rennpaßgang im Galopptempo, der manchen Islandponys angeboren ist, verbraucht viel

Fußfolge im Paßgang. Der Paßgang ist eine gleitende Gangart, bei der Vorderbein und Hinterbein derselben Seite gleichzeitig vorschwingen, während Vorderbein ...

Fußfolge im Tölt. Die Hufe setzen einzeln nacheinander auf, genauso wie im Schritt, nur viel schneller. ...

Kraft und ist äußerst anstrengend und kann deshalb nur über kurze Strecken gelaufen werden. Das gleiche gilt für Renntraber auf der Trabrennbahn, die vor dem zweirädrigen Traberkarren laufen. Sie sind im Renntrab so schnell, daß sie die Geschwindigkeit des Galopps erreichen.

In der Trittfolge des Paßganges sind auf festem Boden zwei Hufschläge zu hören, weil jedesmal zwei Hufe zugleich aufsetzen.

Der Tölt

Der Tölt ist neben Paßgang und Trab die dritte Gangart im mittleren Tempo, die dem Islandpony und einigen Pferderassen in Amerika angeboren ist. Diese Gangart ist ebenfalls ziemlich bequem, weil der Reiter im Sattel fast nicht geworfen wird. Im langsamen Tempo ist der Tölt über längere Strecken kaum anstrengend, das Pferd zeigt dabei große Trittsicherheit und Ausdauer. Auf Dauer in scharfem Tempo und auf hartem Boden geritten kann Tölt freilich Gelenkschäden an den Beinen des Pferdes verursachen. Auf festem Boden sind im Tölt vier Hufschläge zu hören, weil alle vier Hufe einzeln nacheinander auffußen.

...und Hinterbein der anderen Seite gleichzeitig auffußen. Beim Wechsel des Auffußens der rechten und linken Pferdebeine entsteht eine ganz kurze Schwebephase.

... Das töltende Pony trägt den Kopf erhoben. In dieser Gangart ist eine Versammlung wie im Dressurreiten nicht möglich.

Warum Pferde so verschieden sind

Zum Ende der Eiszeit vor etwa 18.000 Jahren jagten die Menschen wilde Tiere, weil sie das Fleisch für ihre Ernährung brauchten. Da die Menschen oftmals Hunger litten, träumten sie immerfort von reicher Jagdbeute. Eiszeitkünstler malten und zeichneten die Urwildpferde und andere Wildtiere auf Felswände.
Im Aberglauben der Menschen sollten die Wandbilder den Jägern die Kraft verleihen, möglichst viele Tiere zu erlegen. Zahlreiche Wandbilder aus der Eiszeit sind bis heute in verborgenen Höhlen erhalten, so daß wir uns vorstellen können, wie die Urwildpferde der Eiszeit ausgesehen haben. Oben siehst Du zwei der massigen Urwildpferde des Nordens, die mit Steinäxten aus der Felswand herausgehauen wurden. Unten traben die kleineren Urponys vorüber. Sie wurden mit Haarbüscheln, Fett und Erdfarben auf die Wand gemalt.

Warum Pferde so verschieden sind

Natürlich ist Dir längst aufgefallen, daß es große und kleine, dicke und schlanke, ruhige und lebhafte Pferde gibt. Die kleinsten Pferde sind kaum einen Meter hoch, die größten können fast die doppelte Höhe erreichen. Manche Pferde haben ein wolliges, andere ein glattes Fell. Es gibt Pferde, die schnell galoppieren können und solche, die am liebsten Schritt gehen.

Schon in der Eiszeit, als sie noch frei und unbehelligt vom Menschen in der Wildnis lebten, sahen die Wildpferde verschieden aus. Klima und Landschaft ihrer jeweiligen Heimat hatten ihr Verhalten, ihre Eigenschaften und ihr äußeres Erscheinungsbild geprägt. Und weil die Lebensbedingungen in den einzelnen Heimatgebieten verschieden waren, entwickelten sich auch die Wildpferde in unterschiedlicher Weise. Die einen lebten im kalten und feuchten Norden, die anderen im warmen und trockenen Süden und manche in den gemäßigten Landstrichen dazwischen.

Urwildpferde im kalten Norden

Im Norden war der Winter lang und hart. Das Land war weithin mit Eis und Schnee bedeckt. Frische Futterpflanzen wuchsen leider nicht. Die Hungersnot der pflanzenfressenden Wildtiere war groß. Der Sommer dauerte nur wenige Monate. Das Wetter war meist windig und kühl und über den Küstengebieten regnete es viel. Dennoch wuchsen die Futterpflanzen im kurzen nordischen Sommer schnell und reichlich. Die Wildpferde grasten Tag für Tag mit unermüdlichem Eifer und stopften sich die Bäuche voll, um sich einen dicken Speckvorrat für den Winter anzufressen. Im Herbst waren sie jedesmal dick und rund. Das Fettpolster am Körper half ihnen, die kalte und futterarme Jahreszeit zu überstehen. Das rauhe Klima hatte den Wildpferden ein ruhiges Temperament verliehen, damit sie ihre Kräfte nicht verschwendeten. Je ruhiger sie sich verhielten, und je weniger sie sich bei Hunger und Kälte anstrengten, desto eher blieben sie am Leben. Ihr starker, robuster Körperbau besaß große Widerstandskraft gegen die Unbilden der Witterung. Ein dichtes, langhaariges Winterfell schützte sie gegen Kälte und Nässe.

Im Norden lebten zwei verschiedene Wildpferdtypen. Ein großes, schweres Wildpferd fühlte sich in der Nähe der Eiszeitgletscher am wohlsten. Bedächtig und trittsicher stapfte es im Winter durch

Schnee und Eis und im Sommer durch Morast und Felsgeröll. Auf dem unsicheren Boden konnte es kaum traben und galoppieren. Deshalb war der vorsichtige Schritt seine liebste Gangart, um nicht zu stolpern oder im Sumpf zu versinken. Wenn Raubtiere in der Ferne auftauchten, floh es meist nicht, sondern es tarnte sich durch lautloses Stillstehen im dichten Gestrüpp, so daß seine graue Fellfarbe mit der Umgebung verschmolz. Das massige Wildpferd verließ seine Heimat nur ungern. Gemächlich zog es in kleinen Rudeln innerhalb seines Lebensraumes auf Futtersuche umher. Da es Sommer und Winter nur nährstoffarmes Futter fand, mußte es große Mengen davon fressen um satt zu werden. Deshalb hatte es nicht nur im Sommer, sondern auch im Winter oft einen dicken Bauch. Das schwerfällige, starkknochige Urwildpferd, das am liebsten Schritt ging, war der Urahn unserer heutigen Kaltblutpferde.

Das andere Wildpferd im Norden war so groß wie ein Pony. Im Wechsel der kalten und warmen Jahreszeiten legte es auf der Futtersuche große Entfernungen zurück. Es fühlte sich nicht an eine bestimmte Landschaft gebunden. Ständig war es in großen Herden auf Wanderschaft unterwegs. Auf seinen Wanderungen bevorzugte es häufig einen ausdauernden Zuckeltrab, um möglichst rasch ferne Weidegründe zu erreichen. Da es immerfort auf Futtersuche unbekannte Landstriche durchzog, mußte es ständig mißtrauisch auf der Hut sein und mit Überraschungsangriffen von Raubtieren aus dem Hinterhalt rechnen. Gute und schlechte Erfahrungen, die die kleinen Wildpferde auf ihren vielen Streifzügen gesammelt hatten, machten sie pfiffig und gewitzt. Waches Mißtrauen und nimmermüde Vorsicht ließen sie eng zusammenhalten und bestimmten ihr Verhalten gegen die Gefahren der Wildnis. Wenn Raubtiere auftauchten, ergriffen sie allesamt ohne Zögern die Flucht und verschwanden am Horizont. Das flinke und pfiffige Urpony, das dauernd

Oben:
Das schwere Urwildpferd des Nordens bewegte sich bedächtig auf dem sumpfigen oder vereisten Boden seiner kalten Heimat. Vorsichtig tastete es mit den Vorderhufen den unsicheren Boden ab, um nicht in bodenlosem Morast oder tiefen Schneewehen zu versinken. Pferdeforscher vermuten, daß aus dem tastenden Gang des Urwildpferdes einst die Gangart Tölt entstanden ist.

Unten:
Das Urpony des Nordens war ein rastloser Fernwanderer, der große Ausdauer in der Gangart Trab zeigte. Seinen kompakten, ausgewogenen Körperbau mit dem hoch aufgesetzten Hals, dem kurzen, kräftigen Rücken und der schrägen Kruppe hat es vielen kleinen und großen Hauspferdrassen vererbt. Pferde mit diesem ausgeglichenen Körperbau eignen sich gut zum Reiten.

auf Wanderschaft war und im Trab große Ausdauer besaß, war der Urahn unserer urwüchsigen und robusten Ponyrassen.

Urwildpferde im warmen Süden

Im Süden war der Winter fast so warm wie der Sommer. Kälte, Eis und Schnee, wie im Norden, gab es nicht. Das milde und bisweilen feuchte Wetter ließ die Futterpflanzen zu jeder Jahreszeit gedeihen. Die Kräuter waren so nahrhaft, daß die Wildpferde immer nur geringe Mengen zu fressen brauchten, um satt zu werden. So blieb ihr Körper schlank und der Knochenbau zierlich. Sie brauchten sich keinen Winterspeck auf Vorrat anzufressen. Denn es war immer warm und die Futterpflanzen wuchsen das ganze Jahr. Im Süden mußten die Wildpferde weder hungern noch frieren wie die Wildpferde im Norden. Der Sommer jedoch konnte recht heiß werden. Manchmal ließ die glühende Sonne die Futterpflanzen vertrocknen. Dann zogen die Wildpferde in die Flußtäler und Oasen, wo es immer ausreichend Futter und Wasser gab, so daß sie keine Not litten. Sonnenwärme und gehaltvolles Futter spendeten das ganze Jahr über neue Lebenskraft, die den Wildpferden ein lebhaftes, feuriges Temperament verlieh. Da es immer warm war und nur selten regnete, brauchten die Wildpferde im Süden kein schützendes Winterfell gegen Kälte und Nässe. Ihr dünnes Haarkleid war vielmehr seidig und glatt und hatte einen metallischen Schimmer, der die Sonnenhitze vom Körper zurückstrahlte.

Auch von den Urwildpferden des Südens sind Felsbilder in Südspanien und in der Wüste Sahara in Nordafrika überliefert. Oben siehst Du die großen Urwildpferde des Südens, die ebenfalls ein günstiges Reitpferdgebäude hatten, und unten den kleinen Wüstenrenner, der im flüchtigen Galopp zu entfernten Wasserstellen eilt.

Oben: ***Das große Südpferd hat seinen hochwüchsigen, schlanken Körperbau mit dem langen Hals, dem langen Rücken, den langen Beinen und seine Veranlagung zum Springen vielen großen Reitpferdrassen vererbt.***

Unten: ***Das kleine Südpferd war zierlich und flink wie eine Gazelle. Mit flachen, schnellen Galoppsprüngen legte es große Entfernungen zurück. Vielen Hauspferdrassen hat es sein elegantes Aussehen und sein feuriges Temperament vererbt.***

Auch im Süden lebten zwei verschiedene Wildpferdtypen. Ein hohes, schmales und schlankes Wildpferd war in trockenen Bergsteppen heimisch. Mit seinen langen Beinen konnte es raumgreifend traben und schwungvoll galoppieren und mühelos über im Wege liegende Felsbrocken springen. Die großen Wildpferde lebten in kleinen Familien zusammen. Furchtlos und angriffslustig wehrten sie sich gegen ihre Feinde. Wenn sie von Raubtieren in die Enge getrieben worden waren und nicht mehr fliehen konnten, verteidigten sie sich tapfer mit Zähnen und Hufen. Das große, schlanke Wildpferd des Südens war einer der Urahnen des Vollblutpferdes.

Das andere Wildpferd im Süden war klein und zierlich wie eine Gazelle. In kleinen Gruppen, die eng und freundschaftlich zusammenhielten, eilte es durch wasserlose Wüstensteppen zu weit verstreuten Oasen, um Futter und Wasser zu finden. Die Nase hoch im Wind, mit vibrierenden Nüstern nach entfernten Wasserstellen witternd, überwand es mit großer Ausdauer weite Entfernungen in schnellem Galopp. Die kleinen Wüstenrenner waren ängstlich und vorsichtig. Wenn sie Raubtiere in der Ferne entdeckten, flohen sie sofort auf Nimmerwiedersehen. Das kleine, zierliche Wildpferd der Wüstensteppe mit dem feurigen Temperament, das über lange Strecken leichtfüßig und ausdauernd galoppieren konnte, war der Urahn des Arabischen Vollblutpferdes.

Weil die Urwildpferde verschieden waren, haben auch unsere Hauspferde ziemlich unterschiedliche Eigenschaften. Einige unserer urwüchsigen Pferderassen, die wenig mit anderen Pferden vermischt wurden, sind den Urahnen noch recht ähnlich. Viele Rassen jedoch haben heute ein anderes Aussehen, weil sie über Jahrtausende in der Zucht immerfort miteinander vermischt wurden, um dem Menschen größeren Nutzen zu bringen. Denn der Mensch brauchte Pferde für verschiedene Verwendungszwecke, zum Beispiel schnelle, große Pferde zum Reiten, starke Pferde zum Tragen schwerer Lasten oder schwere Pferde zum Ziehen schwerer Fuhrwerke. Damit Du ungefähr erkennen kannst, von welchen Urahnen ein Pferd abstammt, solltest Du Dir ihre wesentlichen Merkmale einprägen. Dann hast Du den ersten Schritt zum Pferdekenner getan. Zwei Faustregeln lassen auf den ersten Blick erkennen, ob die Urahnen eines Pferdes aus dem Norden oder dem Süden stammen.

Merkmale der Nordpferd-Nachkommen

Kräftiger bis schwerer Körperbau, kurze, stämmige Beine. Langhaariges, grobes Winterfell, dichte Haarbüschel (Kötenbehang) unten an den Beinen. Ruhiges Temperament. Bevorzugte Gangarten sind Schritt und Trab. Zum Beispiel am schweren Kaltblutpferd und am Islandpony kannst Du die Merkmale dieser Urahnen noch deutlich erkennen!

Merkmale der Südpferd-Nachkommen

Schlanker, zierlicher Körperbau, verhältnismäßig lange, dünne Beine. Kurzhaariges, glattes und seidiges Fell. Kein Kötenbehang! Lebhaftes, feuriges Temperament. Bevorzugte Gangarten sind schwungvoller Trab und leichtfüßiger, flüchtiger Galopp. Die Merkmale dieser Urahnen kannst Du am deutlichsten am Arabischen Vollblutpferd und an anderen vollblütigen Pferden, und manchmal auch an Warmblutpferden erkennen.

Links siehst Du ein Kaltblutpferd, das aus züchterischen Vermischungen beider Nordpferde hervorgegangen ist. Wegen ihres geräumigen Bauches, der viel Futter aufnehmen kann, nennt man nordische Pferdetypen auch »Verdauungstypen«. Beachte den starken Kötenbehang an den Beinen! Rechts siehst Du ein vollblütiges Pferd, das überwiegend aus züchterischen Vermischungen beider Südpferde hervorgegangen ist. Südliche Pferdetypen nennt man wegen ihres schlanken Rumpfes, der nur geringere Mengen Futter aufnehmen kann, auch »Atmungstypen«. Südpferde haben keinen Kötenbehang.

Das letzte Wildpferd

Alle Pferde auf unserer Erde sind Hauspferde, auch wenn sie das ganze Jahr über halbwild unter freiem Himmel leben. Man nennt sie Hauspferde, weil sie allesamt einst vom Menschen gezähmt und nach seiner Vorstellung weitergezüchtet wurden.

Echte Wildpferde, die niemals in der Gefangenschaft des Menschen waren, sind in freier Wildnis längst ausgestorben. Eine Ausnahme bildet das asiatische Wildpferd, das zu den Wildpferden des Nordens zählt. Bis vor wenigen Jahrzehnten lebte es noch unbehelligt vom Menschen in freier Wildnis in Mittelasien in der Wüste Gobi. Zu Anfang unseres Jahrhunderts fingen die Menschen einige Tiere in der Wüste, um sie in zoologischen Gärten und in umzäunten Freigehegen weiterzuzüchten. Sie wurden niemals mit anderen Pferderassen vermischt, um das Erbe und das Erscheinungsbild des letzten Wildpferdes ganz echt zu erhalten. Auf der Erde gibt es noch etwa achthundert asiatische Wildpferde. Sie sind der letzte Rest von vielen Millionen Wildpferden, die einst über die endlosen Steppen Asiens und Europas zogen.

Die letzten echten Wildpferde gibt es nur noch in Zoologischen Gärten und in umzäunten Freigehegen. In der Wildnis sind sie längst ausgestorben.

Unsere Hauspferde

Dressurabteilung des Niedersächsischen Landgestütes Celle mit hannoverschen Warmbluthengsten während der alljährlichen Hengstparade im Herbst.

Unsere Hauspferde

Die Menschen zähmten die Wildpferde vor etwa fünftausend Jahren. Als die ungebärdigen Wildpferde zu duldsamen Hauspferden geworden waren, versuchten die Menschen immer neue Pferderassen aus ihnen herauszuzüchten, die noch mehr leisten konnten. Dabei wurden die einstigen Wildpferde aus dem Norden und dem Süden miteinander vermischt. Durch die Vermischungen entstanden Pferderassen, die den Wildpferden kaum noch ähnlich waren. Sie waren größer und kräftiger geworden und eigneten sich besser zum Reiten oder Ziehen als echte Wildpferde. Unsere zahmen Hauspferderassen teilen wir heute in vier Gruppen ein:

- ❖ in Vollblutpferde,
- ❖ in Kaltblutpferde,
- ❖ in Warmblutpferde
- ❖ und in Ponys.

Alle Vollblutpferde stammen ursprünglich von jenen feingliedrigen und feurigen Pferden des Südens ab, die leichtfüßige, schwebende und vor allem auch schnelle Gangarten hatten. Alle Kaltblutpferde und Ponys sind Nachkommen der grobknochigen, schweren und kräftigen Wildpferde des Nordens, die sich viel lieber in geruhsamen Gangarten fortbewegten. Die Warmblutpferde hingegen stammen nicht in direkter Linie von eiszeitlichen Urahnen ab. Sie entstanden aus Vermischungen vollblütiger und kaltblütiger Hauspferderassen und haben die Eigenschaften mehrerer Urahnen geerbt.

Vollblutpferde sind feurig und schnell

Das Wort »Vollblut« bedeutet nicht, daß ein Vollblutpferd mehr Blut in seinen Adern hätte als ein Warmblutpferd oder Kaltblutpferd. Vollblut kennzeichnet vielmehr solche Pferde, denen ein lebhaftes, feuriges Temperament angeboren ist, die leicht erregbar sind, die einen zierlichen und feingliedrigen Knochenbau und schnelle und leichtfüßige

Vollblutpferde kannst Du auf der Pferderennbahn sehen.

Arabisches Vollblut. Typisches Kennzeichen ist die eingedrückte Nasenlinie, der sogenannte Hechtkopf.

Gangbewegungen haben. Ihre wilden Urahnen lebten einst im warmen Südklima.

Das Arabische Vollblutpferd ist der direkte Nachkomme des kleinen Wüstenrenners im Süden. Unter Pferdefreunden in aller Welt gilt das zierliche, elegante Araberpferd als besonders edel und sanftmütig, feinfühlig und anhänglich. Seine ursprüngliche Heimat ist Arabien. Wegen seiner großen Beliebtheit wird es jedoch mittlerweile in vielen Ländern gezüchtet. Das Arabische Vollblutpferd ist nicht nur der Stammvater fast aller vollblütigen Pferderrassen, es hat auch vielen Warmblutrassen und einigen Kaltblut- und Ponyrassen seine Eigenschaften vererbt. Vollblutaraber werden bei uns vorwiegend als Reit- und Kutschpferde verwendet.

Das Englische Vollblutpferd ist eine Zuchtrasse, die in England durch Vermischung südlicher und nördlicher Pferderassen vor etwa zweihundertfünfzig Jahren vom Menschen geschaffen wurde. Stammväter der Zucht sind ein Araberhengst, dessen Urahn der kleine Wüstenrenner war sowie ein Turkmenenhengst und ein Berberhengst, die vom größeren Südpferd abstammten. Sie wurden mit bodenständigen Pferderassen in England vermischt. Im Verlauf der Jahrhunderte entstand daraus ein ziemlich einheitlicher Pferdetyp, der bis auf den heutigen Tag allein auf Schnelligkeit für Wettrennen gezüchtet wird. Außerdem werden Vollbluthengste auch in andere Pferderassen eingekreuzt, damit sie ihren Größenwuchs, ihr weiträumiges Gangvermögen, ihr Temperament und ihr elegantes Erscheinungsbild weitervererben und weniger edle Pferderassen verbessern helfen.

Der Anglo-Araber ist eine Mischrasse aus Arabischem und Englischem Vollblut, die im vorigen Jahrhundert in Frankreich entstanden ist. Das elegante und temperamentvolle Reitpferd wird vornehmlich als Reit- und als Kutschpferd verwendet.

Kaltblutpferde sind schwerfällig und langsam

Das Wort »Kaltblut« bedeutet nicht, daß ein Kaltblutpferd kälteres Blut hätte als ein Warmblutpferd. Kaltblut bezeichnet Pferde, denen ein ruhiges, ausgeglichenes Temperament angeboren ist, die gelassen reagieren, die einen schweren und massigen und grobknochigen Körperbau besitzen und langsame Gangarten bevorzugen. Der wilde Urahn des Kaltblutpferdes war

Kaltblutpferde sind heute nur noch selten zu sehen.

das große Urwildpferd im kalten, schneereichen Norden.

Schwere Kaltblutpferde dienten dem geharnischten Ritter im Mittelalter als Streitroß. Sie allein besaßen die Kraft, einen Reiter mit schwerer Eisenrüstung zu tragen. Später wurde das Kaltblutpferd unentbehrlicher Helfer des Menschen in der Landwirtschaft und im Handel. Mit seinem mächtigen Körpergewicht und seiner Kraft vermochte es schwere Fuhrwerke zu ziehen. Bis zum letzten Krieg hat es noch viele Kaltblutpferde gegeben. Dann übernahm der Motor allmählich ihre Arbeit. Traktoren und Lastwagen werden heute von Motoren angetrieben, deren Kraft noch immer nach den Pferdestärken = PS gemessen wird. Jetzt gibt es nur noch wenige Kaltblutpferde. Man benötigt sie hauptsächlich im Bergwald, wo sie gefällte Bäume aus dem Dickicht ziehen. Zu den wenigen Kaltblutrassen, die es in Deutschland noch gibt, gehören Süddeutsches Kaltblut, Rheinisch-Westfälisches Kaltblut und Schleswiger Kaltblutpferd.

Warmblutpferde sind Mischrassen

Warmblutpferde haben kein wärmeres Blut als Kaltblutpferde. Die Temperatur des Blutes ist bei allen Pferden gleich. Das Wort »Warmblut«

bezeichnet Pferde, die im Temperament, im Körpergewicht, im Gangvermögen und im Erscheinungsbild eine Mischform zwischen Vollblüter und Kaltblüter darstellen. Früher, als für schwere Arbeit auch Warmblutpferde gebraucht wurden, gab es schwere und leichte Rassen. Zugpferde konnten fast so kräftig sein wie Kaltblutpferde und Reitpferde konnten fast so elegant sein wie Vollblüter. Heute werden schwere Warmblutpferde kaum noch gebraucht und sind nur noch selten zu sehen.

Warmblutpferde werden fast nur noch zum Reiten verwendet oder vor die leichte Kutsche gespannt. Die meisten Warmblutrassen aber gleichen heute mehr dem Vollblut als dem Kaltblüter. Doch sie sind größer, kräftiger und gelassener als Vollblutpferde, ein Erbe, das ihnen das Kaltblutpferd hinterlassen hat. Ihre elegante Körperform und ihr schwungvolles Gangvermögen verdanken sie hingegen dem Vollblut. Die in Deutschland gezüchteten Warmblutrassen sind heute unter der Bezeichnung »Deutsches Reitpferd« zusammengefaßt. Mittlerweile sind sie einander so ähnlich, daß man sie kaum noch voneinander unterscheiden kann. Warmblutpferde werden vor allem im Turniersport zum Dressurreiten, zum Springen und als Kutschpferde verwendet. Zu den Warmblutrassen des Deutschen Reitpferdes gehören Trakehner, Holsteiner, Hannoveraner, Oldenburger, Westfalen und Württemberger sowie Bayerisches, Hessisches und Rheinisches Warmblut. Kaltblut- und Warmblutrassen haben die größten Pferde hervorgebracht, sie können eine Widerristhöhe von 180 cm erreichen.

Ponys sind ausdauernd und pfiffig

Die urwüchsigen, robusten Ponyrassen in Europa stammen meist von jenen flinken Urponys ab, die einst im nördlichen Kaltklima lebten. Das Exmoorpony, das im Süden Englands seit Urzeiten halbwild durch einsame Moorgebiete streift, sieht noch

genauso aus, wie der wilde Urahn der Eiszeit. Auch das Islandpony, das in seiner Heimat das ganze Jahr unter freiem Himmel lebt, ist dem Urpony noch sehr ähnlich. Das kleine Shetlandpony ist ebenfalls mit dem Urpony eng verwandt, obwohl es im Lauf der Zeit auf Zwergengröße geschrumpft ist, weil es auf den kleinen Inseln seiner Heimat nur spärliches Futter findet.

Zahlreiche Ponyrassen veränderte der Mensch durch züchterische Einmischungen fremder Pferderassen. Er wollte damit erreichen, daß die Ponys größer wurden und schneller laufen konnten. Ponys haben zumeist ein liebenswertes und gutmütiges, aber auch eigenwilliges und pfiffiges Wesen. Sie sind die Lieblinge vieler reitbegeisterter Kinder geworden. Wegen ihrer geringen Größe und Gelassenheit sind sie ideale Partner, um jugendliche Reitanfänger an den reiterlichen Sitz zu gewöhnen und mit dem Wesen des Pferdes vertraut zu machen. Größere Ponyrassen, die man auch Kleinpferde nennt, sind oftmals so kräftig, daß sie erwachsene Reiter tragen können. Bekannte Beispiele sind Haflinger, Fjordpferd, Islandpony und größere Welsh Ponys.

Außerdem gibt es noch viele, viele Pferderassen auf der Welt, die der Mensch nach seinen Wünschen züchterisch verändert hat, um sie für ganz bestimmte Aufgaben zu verwenden. Einige Beispiele sind die Andalusier aus Spanien, die Lipizzaner aus Österreich, die Westernpferde aus Amerika, die Connemaraponys aus Irland, die Camarguepferde aus Frankreich, und die Friesenrappen aus den Niederlanden.

Islandponys sind mittlerweile die Lieblinge vieler Kinder und Erwachsener geworden.

Den Haflinger, das beliebte Freizeitpferd des Gebirges, gibt es inzwischen auch häufig im Flachland.

Abbildung unten: Camarguepferde, die alle Schimmel sind, stammen aus einem großen Sumpfland im Süden Frankreichs. In ihrer Heimat werden die harten und robusten Pferde von den Stierhirten zum Hüten der schwarzen Kampfstiere verwendet.

Westernpferde, wie dieses Quarter-Horse, kommen aus Nordamerika. Sie eignen sich besonders für das Reiten im Gelände.

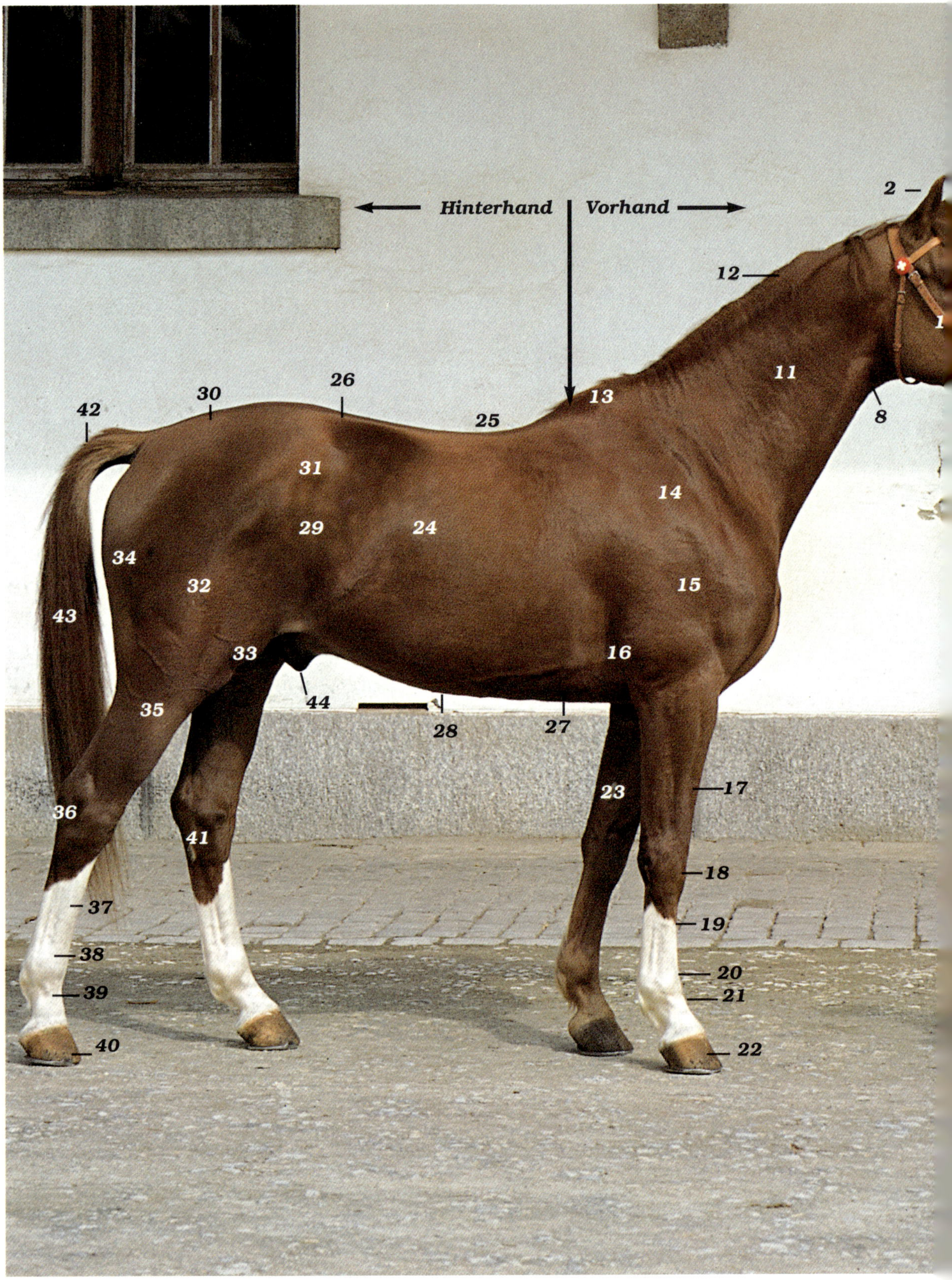

Hinterhand
Vorhand
2
12
1
11
8
13
26
30
42
25
31
14
29
24
34
32
15
43
33
16
44
35
28
27
23
17
36
41
18
37
19
38
20
39
21
40
22

Was Du über Pferde und Ponys wissen solltest

Die äußeren Körperteile des Pferdes.

Vorhand:
1 Kopf – 2 Ohr – 3 Auge – 4 Nüster
5 Oberlippe – 6 Unterlippe – 7 Kinn – 8 Kehle
9 Stirn – 10 Nasenrücken – 11 Hals
12 Mähnenkamm mit Mähne und Schopf
13 Widerrist – 14 Schulter 15 Oberarm
16 Ellbogen – 17 Unterarm
18 Vorderfußwurzelgelenk – 19 Vordermittelfuß
20 Fesselgelenk – 21 Fessel
22 Vorderhuf – 23 Kastanie.

Hinterhand:
24 Rumpf – 25 Rücken (Sattellage) – 26 Lende
27 Unterbrust – 28 Bauch – 29 Flanke
30 Kruppe – 31 Hüfthöcker – 32 Oberschenkel
33 Knie – 34 Hinterbacke – 35 Unterschenkel
36 Sprunggelenk – 37 Hintermittelfuß
38 Fesselgelenk – 39 Fessel – 40 Hinterhuf
41 Kastanie – 42 Schweifrübe – 43 Schweifhaare – 44 Schlauch (Penis) beim männlichen Pferd, (bei der Stute Euter, das aber oft nicht zu sehen ist).

Was Du über Pferde und Ponys wissen solltest

Große und kleine Pferde sind im Aufbau ihres Körpers völlig gleich, der Unterschied liegt allein in der Größe. Die größten Pferde messen bis zu 180 cm, die kleinsten Pferde sind weniger als 100 cm hoch. Der Größenunterschied zwischen beiden beträgt etwa 90 cm. Um eine allgemein gültige Unterscheidung zwischen großen und kleinen Pferden zu schaffen, hat man ungefähr in der Mitte zwischen beiden Pferdegrößen eine Grenze gezogen und ein Höhenmaß von 147 cm festgelegt. Alle Pferde, die größer sind, nennt man Pferde, und alle Pferde, die kleiner sind, heißen Ponys. Die Begriffe Pferd und Pony bezeichnen allein das Größenmaß, nicht aber die Rassezugehörigkeit eines Pferdes.

Das Widerrist-Stockmaß

Die Größe eines Pferdes oder Ponys wird an der Höhe seines Widerristes gemessen. Der Widerrist ist die höchste Aufwölbung der Wirbelsäule zwischen den Schulterblättern am Ansatz des Halses. An einem Maßstab mit Zentimetereinteilung, der senkrecht neben das Vorderbein des Pferdes gestellt wird, kann man die Höhe des Widerristes ablesen. Das Widerrist-Stockmaß verrät Dir, ob die Höhe Deines Pferdes über oder unter 147 cm liegt, ob es also als Pferd oder als Pony zu bezeichnen ist.

Der Körperbau des Pferdes

Der Reiter unterscheidet am Körper des Pferdes Vorhand und Hinterhand. Alle Körperpartien, die sich vor der Zügelhand des im Sattel sitzenden Reiters befinden, also Kopf, Hals, Widerrist, Schulter, Brust und Vorderbeine bilden die Vorhand. Sie befinden sich »vor seiner Hand«. Und alle Körperteile, die hinter seiner Zügelhand liegen, also Rumpf, Kruppe, Hinterbeine und Schweif zählen zur Hinterhand. Sie befinden sich »hinter seiner Hand«.

Als Reiter solltest Du wissen, wie die wichtigsten Körperteile des Pferdes heißen. Viele Körperteile haben dieselben Bezeichnungen wie beim Menschen, zum Beispiel Kopf, Hals, Schulter, Rücken, Beine und so fort. Andere Begriffe wiederum sind typisch für das Pferd, wie Widerrist, Kruppe, Huf und Schweif. Wenn Du auf alle Viere niedergehst, erkennst Du, daß Dein Körperbau dem des Pferdes ziemlich ähnlich ist. Da der Mensch aber nicht auf allen Vieren, sondern nur auf seinen Hinterbeinen geht, haben sich seine Arme und Beine besonders stark verändert. Die Unterschiede kannst Du erlernen, wenn Du Deine Gliedmaßen und die des Pferdes betrachtest. Vergleiche Dein Handgelenk mit dem Vorderfußwurzelgelenk des Pferdes oder Deine Ferse mit dem Sprunggelenk des Pferdes, die jeweils einander entsprechen. Oder auch Schultergelenk und Ellbogen, oder Hüftgelenk und Knie bei Mensch und Pferd. Dann erkennst Du die Unterschiede der Gliedmaßen zwischen Mensch und Lauftier.

Wie alt können Pferde werden?

Pferde werden nicht so alt wie Menschen. Als Faustregel kannst Du Dir merken, daß sie etwa ein Viertel des menschlichen Lebensalters erreichen. Wenn sie gesund bleiben, ist ihre natürliche Lebenszeit zumeist mit 20 bis 25 Jahren abgelaufen. Das gilt hauptsächlich für Vollblutpferde, für Warmblutpferde und ähnliche Mischrassen. Sehr alte, weitgehend unvermischte Pferderassen, die den Wildpferden noch ähnlich sind, werden meist älter und erreichen mitunter ein Lebensalter von 30 bis 40 Jahren. Zu ihnen zählen Wüstenaraber (Arabisches Vollblut), Islandponys, Shetlandponys, Camarguepferde und ähnliche urtümlische Robustrassen. Es hat Araberpferde gegeben, die über 40 Jahre alt wurden, und Islandponys, die ein Alter von über 50 Jahren erreichten. Aber das sind Ausnahmen. Wenn Pferde vom Menschen aber richtig behandelt werden und gesund bleiben, können sie alt werden und auf natürliche Weise sterben. Leider werden viele Pferde falsch behandelt. Sie erleiden Gesundheitsschäden und werden frühzeitig krank, so daß ihr Leben oftmals schon nach 10 bis 15 Jahren zu Ende ist.

Der Hengst

Das männliche Pferd ist der Hengst. Wenn er als Vatertier für die Zucht zugelassen ist, kann er in seinem Leben viele hundert Fohlen zeugen. Sein äußeres Erscheinungsbild ist kraftvoll und muskulös, besonders beeindruckend ist sein mächtiger, kühn gebogener Hals. Sein Verhalten ist herrisch, eigenwillig und oft ungebärdig. In der Herde beansprucht er den höchsten Rang. Er fühlt sich zum Anführer geboren. Ganz genau erkennst Du den Hengst an den äußeren Geschlechtsmerkmalen, dem Schlauch (Penis) und dem Hodensack zwischen den Hinterbeinen. Ein Hengst ist wegen seiner Eigenwilligkeit meist schwieriger zu reiten.

Der Wallach

Wenn die Hoden des Hengstes, die den Samen für die Fortpflanzung enthalten, vom Tierarzt wegoperiert werden, kann das männliche Pferd keine Fohlen mehr zeugen. Die Operation erfolgt zumeist, wenn der Hengst ein Jahr alt ist. Er wird damit zum Wallach. Die meisten Hengste werden zum Wallach kastriert, weil nur wenige Vatertiere für die Zucht gebraucht werden. Das Temperament des Wallachs ist ruhiger und fügsamer, deshalb ist er leichter zu reiten als ein Hengst.

Die Stute

Das weibliche Pferd ist die Stute. Wenn sie mit einem Hengst gepaart wird, kann sie nach elf Monaten Tragzeit ein Fohlen zur Welt bringen. Ihr Körperbau ist kleiner und zierlicher, ihr Hals schlanker und ihr Rumpf länger als beim Hengst, damit das wachsende Fohlen im Mutterleib genügend Platz zur Entwicklung hat. Ihr Wesen ist sanftmütig und ruhig, manchmal kann sie jedoch recht launisch sein. Ganz genau erkennst Du die Stute an den äußeren Geschlechtsmerkmalen. Die Scheide, aus der das Fohlen geboren wird, liegt unter dem Schweif, unterhalb des Afters. Das Euter zwischen den Hinterbeinen kannst Du nur sehen, wenn es mit Milch gefüllt ist und die Stute ein Fohlen säugt. Im Verlauf ihres Lebens kann eine Mutterstute ungefähr fünfzehn Fohlen gebären.

Das Fohlen

Ein ganz junges Pferd das noch von der Mutter gesäugt wird, nennt man Fohlen. Besonders auffällig sind seine langen Beine, die ihm schon wenige Stunden nach der Geburt einen schnellen Fluchtgalopp ermöglichen. Diese Vorsorge der Natur rettete neugeborenen Fohlen im Wildleben bei drohender Gefahr das Leben, weil sie mit dem Fluchttempo der Herde mithalten konnten. Das Fell eines Fohlens zeigt im ersten Lebensjahr oftmals eine andere Farbe und ist zum Schutz der Gesundheit im ersten Winter immer viel dichter und wolliger als in späteren Lebensjahren.

2

4

5

Ein Fohlen wird geboren.

In der wildlebenden Herde der Dülmenerpferde kommen alljährlich im Mai die Fohlen zur Welt. Die Geburten dauern meist nur zehn Minuten und erfolgen fast immer ohne Schwierigkeiten.

1 Eingehüllt in die Fruchtblase verläßt das Fohlen den Mutterleib.
2 Das Fohlen ist geboren und die Fruchtblase reißt auf, damit das Fohlen atmen kann.
3 Das Fohlen hat die Fruchblase abgestreift und blickt erstaunt in die neue Welt.
4 Zärtlich leckt die Mutter ihr nasses Fohlen trocken.
5 Nach einigen vergeblichen Versuchen kann sich das Fohlen schon bald auf den stakeligen Beinen alten. Eine Stunde später läuft es bereits munter an der Seite der Mutter mit.

Die Fell-farben der Pferde

Mausgraue Stute mit ihrem Fohlen in der Herde der Dülmenerpferde.

Die Fellfarben der Pferde

Bestimmt ist Dir schon aufgefallen, daß es Pferde in gleichmäßigen und reinen Farbtönen mit pechschwarzem oder fuchsrotem oder schneeweißem Fell gibt. Diese reinen, leuchtenden Fellfarben hat es im Wildleben nicht gegeben. Derart auffällig gefärbte Pferde hätten sich nicht den natürlichen Farben ihrer Umbebung angepaßt und wären auf der Steppe weithin sichtbar gewesen. Sie hätten nicht lange überleben können, weil sie schon auf große Entfernung von Raubtieren entdeckt worden wären.

Das Fell der Wildpferde war unauffällig gefärbt und paßte sich ziemlich genau den Farben der Landschaft an, in der die Wildpferde lebten. Wenn sie sich nicht bewegten, verschmolzen ihre Tarnfarben so vollkommen mit der Umgebung, daß ihre Gestalt vom Hintergrund kaum zu unterscheiden war. Die Fellfarben der Wildpferde setzten sich immer aus mehreren Farbtönen zusammen, die in fließenden Übergängen den Körper bedeckten. Sie zerteilten die Gestalt des Wildpferdes in verschiedene Farbpartien, so daß der Umriß des Pferdekörpers mit der Umgebung verschwamm und für das spähende Raubtierauge kaum noch zu sehen war. Viele Wildtiere sind Beispiele für vollendete Tarnfärbung, so das Zebra im Schattenfall von Baumästen oder der Tiger im dichten Dschungel, deren Körperumrisse von schwarzen Tarnstreifen völlig zerteilt werden.

Soldaten haben sich die Tarnfarben von den Wildtieren abgeguckt. Ihre Kampfanzüge, ihre Panzer und Lastwagen sind mit Mustern und Farben aus der Natur getarnt, die in der Landschaft wiederkehren. Ihre Umrisse verschmelzen mit der Umgebung und können vom Feind nicht so schnell entdeckt werden.

In der Wüstensteppe, wo gelbliche und bräunliche Farbtöne von Sand, Lehm und verdorrten Pflanzen vorherrschten, hatten die Wildpferde ebenfalls gelbliche und bräunliche Farbtöne im Fell, die sie der Umgebung anpaßten. Wildpferde, die im tiefen Schattendunkel großer Urwälder lebten, hatten ein graues Fell, das sie im Urwaldgestrüpp fast unsichtbar machte.

Die reinen, leuchtenden Fellfarben vieler Hauspferde sind eine Folge züchterischer Auswahl durch den Menschen. Seit der Mensch Pferde züchtet, haben sie sich allmählich herausgebildet. Heutzutage brauchen Hauspferde keine Tarnfarben mehr, weil sie nicht mehr von Raubtieren verfolgt werden und in der Obhut des Menschen leben. Die Fellfarbe ist unwichtig geworden. Ein altes Reitersprichwort sagt: »Ein gutes Pferd hat keine Farbe!«. Damit soll gesagt werden, daß Körperbau, Leistungsvermögen und Charakter wichtiger für ein Reitpferd sind als die Fellfarbe. Manche Pferdeleute behaupten, daß die Fellfarbe bestimmte Eigenschaften des Pferdes vermuten lasse. So sollen beispielsweise weiße Pferde besonders ruhig und gelassen, Füchse besonders feurig oder Braune besonders ausdauernd sein. Aber sicher ist das nicht.

Zur genauen Beschreibung eines Pferdes wird die Fellfarbe im Abstammungspapier vermerkt, damit Verwechslungen ausgeschlossen sind. Alle Fellfarben haben bestimmte Bezeichnungen, die Du als Reiter wissen mußt.

Rappen

Der Rappe hat ein gleichmäßig schwarzes Haarkleid am ganzen Körper mit bräunlichem oder mit bläulichem Schimmer. Auch das Langhaar, also Schopf, Mähne und Schweif, ist so schwarz wie das Fell. Manche Leute, die nichts von Pferden verstehen, sprechen mitunter auch vom »schwarzen Rappen«. Ein Rappe ist immer schwarz, das Beiwort »schwarz« ist deshalb überflüssig. ein Reiter sagt immer nur »Rappe«.

Mausgraue Pferde

Das mausgraue Pferd, gewissermaßen eine Farbaufhellung des Rappen, trägt ein graues Haarkleid und schwarzes Langhaar. Auch die untere Hälfte des Kopfes und die Beine sind meist schwarz. Der Mausfalbe ist ebenfalls grau, jedoch zeigt er gelbliche Aufhellungen am Bauch und an den Innenseiten der Hinterbeine. Mausgrau und mausfalb sind ursprünglich Wildpferdfarben.

Braune

Die Fellfarben des Braunen schwanken von dunkelbraun (etwa die Farbe von Torf) bis hellbraun (etwa die Farbe einer hellen Kastanie). Das Langhaar ist immer schwarz, häufig auch die Beine.

Falben

Der Falbe ist die farbliche Aufhellung des Braunen. Das Wort bedeutet fahl oder fehlfarbig. Das Haarkleid zeigt Abstufungen von ockerbraun bis ockergelb. Das Langhaar ist wie beim Braunen immer schwarz, häufig auch die Beine. Braune bis gelbliche Fellfarben hatten die meisten Wildpferde, weil sie in der Wildnis am besten tarnten.

Füchse

Das Fell des Fuchses kann vom dunklen Kupferbraun bis zum hellen Fuchsrot gefärbt sein. Im Unterschied zum Braunen, dessen Langhaar immer schwarz ist, hat das Langhaar des Fuchses die gleiche Farbe wie das Fell oder es ist sogar heller.

Isabellen

Der Isabell oder Palomino (beide Wörter bezeichnen dieselbe Haarfarbe) trägt ein gelbes bis goldschimmerndes Haarkleid. Das Langhaar ist immer heller als das Fell und kann sogar fast weiß sein.

Weißgeborene Pferde

Fell und Langhaar des Weißisabellen haben eine gleichmäßige Elfenbeinfarbe, die eine Aufhellung des Isabellen darstellt. Die Haut ist hellrosa gefärbt, die Augen sind hellblau oder hellgelb und schimmern zuweilen rötlich. Auch die Hufe haben eine helle Farbe. Der Weißisabell wird weiß geboren und ändert seine Haut- und Fellfarbe das ganze Leben nicht. Wenn ein weißgeborenes Pferd rote Augen und ein schneeweißes Fell hat, wird es Albino genannt. Weißisabellen sind heute ziemlich selten geworden. Früher wurden sie von Königen und Fürsten als prachtvolle Reit- und Kutschpferde bevorzugt.

Gescheckte Pferde

Pferde mit geflecktem Fell wie das einer Kuh nennt man Schecken. Die unregelmäßigen farbigen Fellflecken wachsen auf dunkler Haut und können schwarz, braun, fuchs- oder falbfarben sein. Das weiße Fell wächst auf rosafarbener Haut, wie beim Weißisabellen. Man unterscheidet Schwarzschecke, Braunschecke, Fuchsschecke und Falbschecke. Mitunter kommen auch mehrfarbig gescheckte Pferde vor. Die Farbscheckung kann auch auf das Langhaar übergreifen und bleibt von Geburt an bis zum Lebensende unverändert erhalten.

Schimmel

Leute, die mit Pferden nichts zu tun haben, sprechen zuweilen vom »weißen Schimmel«, was so ähnlich wie »schwarzer Rappe« klingt.

Doch sie haben nicht ganz unrecht, weil Schimmel in jungen Jahren noch gar nicht weiß sind und anfangs ein farbiges Fell haben, das erst mit zunehmendem Alter weiß ausfärbt. Bei alten Schimmeln sind Fell und Langhaar fast immer ganz weiß, so daß die Bezeichnung »weißer Schimmel« zutrifft. Alle Schimmel werden mit farbigem Fell auf dunkler Haut geboren, Augen und Hufe sind ebenfalls dunkel. Mit zunehmendem Alter drängen sich immer mehr weiße Haare zwischen den farbigen hervor, bis sie schließlich die Übermacht gewinnen und das Fell ganz weiß wird. In den Übergangsjahren, bevor die Schimmel weiß werden, nennt man sie Schwarzschimmel oder Grauschimmel, Braunschimmel oder Fuchsschimmel, weil weiße und farbige Haare miteinander vermischt sind. Diese Mischung von weißen und farbigen Haaren nennt man Stichelhaar. Sehr viele farbige Schimmel zeigen im Übergangsalter kreisrunde, weiße Flecken im Stichelhaar, die so groß wie Äpfel sind. Deshalb nennt man sie Apfelschimmel. Seltener behalten farbige Schimmel ihr Stichelhaar das ganze Leben lang, meist bleibt dann das Langhaar dunkel.

Wenn ein Pferd mit farbigem Fell sehr alt wird, erscheint an seinem Kopf ebenfalls häufig Stichelhaar. Es wird »grau« im Gesicht. Dieselbe Erscheinung kannst Du auch bei alten Hunden beobachten. Wenn ein Mensch älter wird, färbt sich sein Haar ebenfalls grau oder weiß, weil der Farbstoff im Haar verloren geht.

Schimmel werden farbig geboren und bekommen erst nach drei bis zwölf Jahren ein weißes Fell.

Im Fell mancher farbiger Pferde sind unauffällige dunkle Streifen oder auffällige weiße Flecken zu sehen. Dunkle Streifen sind letzte Überreste der Fellzeichnung von Wildpferden aus grauer Vorzeit, die der Tarnung dienten. Weiße Abzeichen sind eine Folge züchterischer Eingriffe durch den Menschen, sie entstehen durch Verkreuzungen verschiedener Pferderassen und sind nur bei Hauspferden zu sehen. Wildpferde hatten niemals weiße Abzeichen.

Wildpferd-Abzeichen

Urwildpferde, die vor vielen Millionen Jahren lebten, waren so groß wie Hunde und hatten mehrere kleine Hufzehen an jedem Bein. Sie lebten scheu und zurückgezogen in dichten Buschwäldern und trauten sich nur selten hinaus auf die freie Steppe, wo sie sich nicht verbergen konnten. Nur in schützendem Buschwerk fühlten sie sich sicher. Ihr Fell, das wie beim Zebra mit dunklen Streifen bedeckt war, machte sie im dunklen Schattenfall der Bäume nahezu unsichtbar. Ihre Fellfarbe war dem Gesträuch so vollkommen angeglichen, daß sie von ihren Feinden kaum entdeckt wurden.

Im Verlauf von Millionen Jahren wurden die Urwildpferde immer größer. Schließlich waren sie so groß wie Ponys und hatten nur noch eine Hufzehe an jedem Bein. Sie hatten sich vom mehrzehigen Buschläufer, der sich vor Raubtieren im Wald verkroch, zum einhufigen Lauftier entwickelt, das in schneller Flucht über baumlose Steppen galoppierte. Der furchtsame Urahn des Pferdes suchte nicht mehr Zuflucht im Dickicht, nunmehr vertraute er auf die Schnelligkeit seiner Hufe, wenn er anschleichende Raubtiere entdeckte. Da auf der Steppe kaum Bäume wuchsen, wurden die Tarnstreifen im Fell, die einst im Waldesdickicht den Körper so vortrefflich tarnten, allmählich überflüssig. Sie bildeten sich mehr und mehr zurück. Kleine Reste dieser Tarnstreifen haben sich bis heute im Fell solcher Pferde erhalten, die den Wildpferden noch ein wenig ähnlich sind. Mitunter kann man sie noch deutlich auf dem Rücken, an der Schulter und an den Beinen erkennen.

Der Aalstrich ist ein schwarzer oder dunkelbrauner Streifen, der vom Widerrist bis zum Schweifansatz längs über Rücken und Kruppe des Pferdes verläuft.

Das Schulterkreuz besteht aus zwei spitz zulaufenden, dunklen Streifen, die auf den Schultern vom Widerrist nach

Der Aalstrich, ein dunkler Streifen über die Länge des Rückens, ist ein letztes Überbleibsel der Tarnstreifung des Wildpferdes. Zuweilen ist er noch bei Hauspferden zu sehen.

unten auslaufen. Diese Streifen sind letztes Überbleibsel vieler nebeneinander liegender Tarnstreifen, die einst den ganzen Körper des Wildpferdes bedeckten, so wie beim Zebra.

Querstreifen an den Beinen sind ebenfalls Reste der Tarnstreifung, die hauptsächlich bei mausgrauen und falbfarbenen Pferden zu finden sind, also in den Fellfarben, die auch die meisten Wildpferde hatten.

Ein anderes Wildpferdmerkmal ist das Mehlmaul, eine gelbliche Aufhellung oberhalb der Nüstern, die noch immer bei vielen braunen Pferden durchschlägt, besonders, wenn sie wildpferdähnlich sind.

Hauspferd-Abzeichen

Weiße Abzeichen, die nur bei Hauspferden vorkommen, sind weiße Fellflecken im farbigen Fell, die auf rosafarbener Haut wachsen. Sie sind von Geburt an vorhanden und verändern sich das ganze Leben nicht. Meist treten sie an Kopf und Beinen auf. Wenn sie sich über den ganzen Körper erstrecken, wird das Pferd zum Schecken. Weiße Abzeichen werden als unverwechselbare Kennzeichen eines Pferdes in das Abstammungspapier eingetragen. Am Kopf sind sie als kleine oder große weiße Flecken auf der Stirn (zum Beispiel Flocke oder Stern genannt) oder auf der Oberlippe (Schnippe) zu sehen. Wenn sie als schmale

Die weißen Abzeichen des Hauspferdes sind durch züchterische Vermischungen entstanden. Echte Wildpferde haben keine weißen Abzeichen.

oder breite Längsstreifen von der Stirn über den Nasenrücken bis zum Maul verlaufen, heißen sie Blesse. Wenn fast der ganze Kopf von weißem Fell bedeckt ist, nennt man die Weißfärbung Laterne.
Weiße Abzeichen kommen ebenso oft an den Beinen des Pferdes vor. Wenn die Weißfärbung bis zur Fessel reicht, sagt man, das Pferd ist »gefesselt«. Wenn das weiße Fell hoch hinauf reicht, ist das Bein »gestiefelt«. An weißen Beinen sind meist auch die Hufe hell gefärbt.

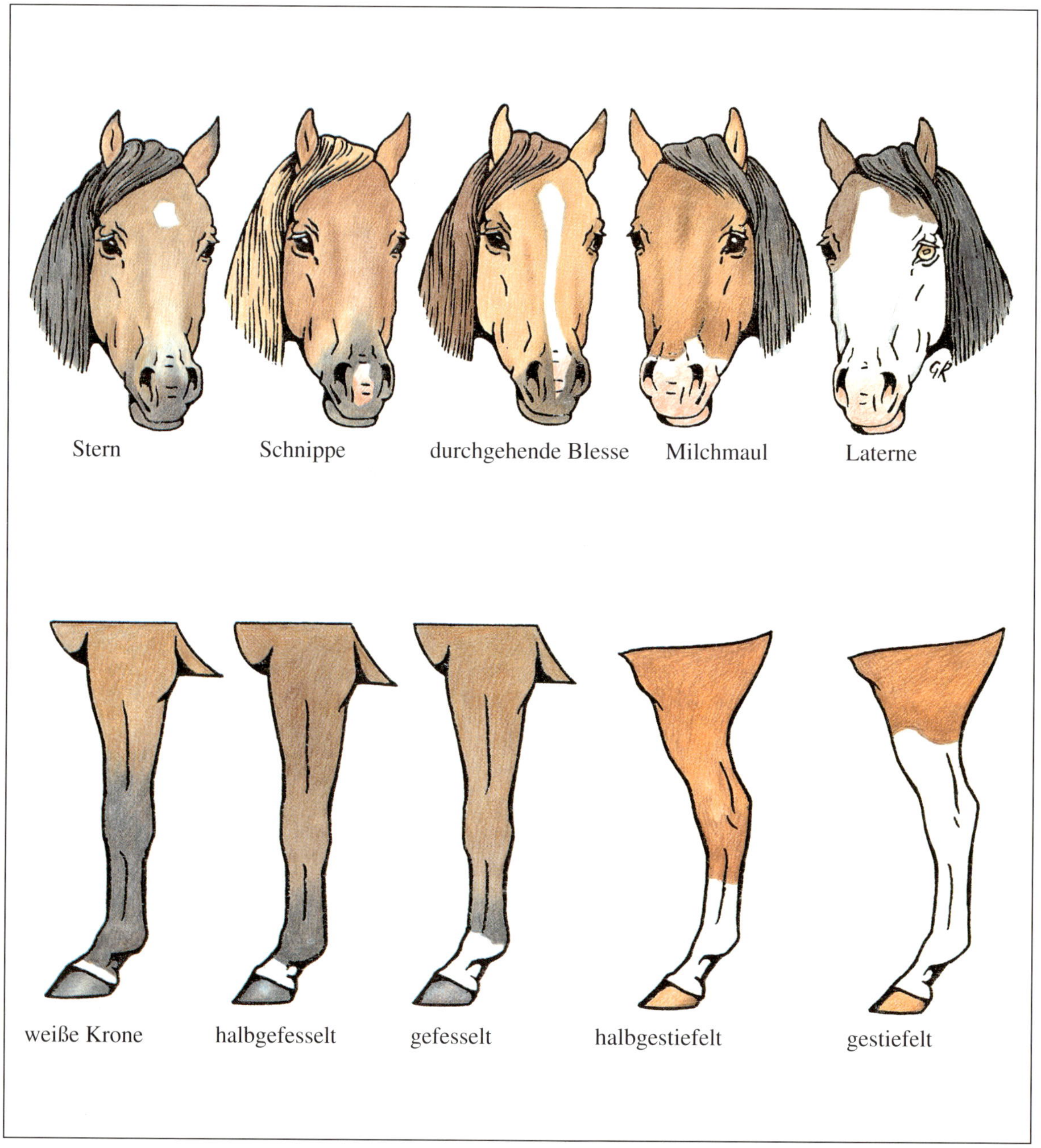

Pflegen und Füttern

Robustpferde im Offenenstall leben natürlich

Wildpferde im Norden Europas und Asiens waren vom kalten und regenreichen Nordklima geprägt. Im Winter wuchs ihnen ein dichtes Haarkleid, das den Körper warm hielt und die Haut vor Nässe schützte. Einige Nachkommen dieser robusten Wildpferde des Nordens leben auch heute noch das ganze Jahr bei Wind und Wetter unter freiem Himmel. In kleinen Herden sind sie beispielsweise noch in Deutschland (Dülmenerpferde), in Großbritannien (Exmoorpony, Shetlandpony) und in Island (Islandpony) heimisch. Sie brauchen keinen Stall. Der Mensch hat ihnen ausgedehnte Landstriche als Lebensräume überlassen. Nach Herzenslust können sie frei umherstreifen und sich ihr Futter selbst suchen. Bei schlechtem Wetter finden sie Schutz im Wald, in dichtem Buschwerk oder unter Felsüberhängen. Die naßkalte Jahreszeit schadet ihrer Gesundheit nicht, weil sie wie ihre Urahnen ein dichtes Winterfell tragen. Diese Robustpferde sind ihren eiszeitlichen Vorfahren noch ziemlich ähnlich.

Würde man ein Robustpferd im Winterfell, das Wind und Wetter, Schnee und Regen gewöhnt ist, in einen geschlossenen Stall sperren, so käme es arg ins Schwitzen. Es würde bald anfangen zu husten und könnte leicht an Lungenentzündung sterben, weil ein Stall viel zu warm ist. Robustpferde brauchen frische Luft bei jedem Wetter unter freiem Himmel und viel Bewegungsfreiheit, dann fühlen sie sich wohl und bleiben gesund und munter. Für Robustpferde ist deshalb ein offener Laufstall

Offener Laufstall für mehrere Pferde. Wenn die Pferde wegen schlechten Wetters nicht hinaus dürfen, kann der Ausgang durch mehrere Balken versperrt werden. So können sie hinausschauen und frische Luft atmen und sind vor Regen geschützt.

mit Auslauf und Weidekoppel für mehrere Pferde gemeinsam der richtige Lebensraum, weil eine solche Anlage dem natürlichen Wildleben ziemlich nahe kommt.

Doch der offene Laufstall tut nicht nur Robustpferden gut. Auch Vollblüter und Warmblutpferde oder Andalusier aus Spanien, die aus dem warmen Süden bei uns eingeführt wurden, fühlen sich im Sommer im offenen Laufstall am wohlsten. Wenn kühles Regenwetter länger andauert, müssen diese Pferde freilich im Stall bleiben. Das dünne Fell kann die Nässe nicht abhalten. Sie können sich leicht erkälten, wenn das Wasser auf die Haut durchdringt. Gleichwohl kann man ihnen ein wenig Lebensfreude gönnen, indem man nur die untere Hälfte des geteilten Stalltores schließt, so daß sie trocken stehen und ins Freie schauen und frische Luft atmen können.

Im Freien können alle Pferde trockene Kälte und trockene Hitze gut vertragen. Wenn sie jedoch schwitzend in kalter Zugluft stehen, können sie an den Atemwegen erkranken. Pferde, deren Vorfahren aus dem trockenen Süden stammen (Araber, Vollblüter und andere Rassen), müssen stets vor anhaltender Nässe geschützt werden.

Das Stallpferd in der Box ist einsam

Der Lebensraum der Wildpferde war die Weite der Landschaft unter dem unendlichen Dach des Himmels. Der Lebensraum unserer Hauspferde wurde der Stall, der das Gegenteil von grenzenloser Freiheit ist. Stallpferde mußten sich an ein eng begrenztes Leben gewöhnen, das nicht ihrem Wesen und ihren Lebensbedürfnissen entsprach. Und nicht selten hat das Stalldasein ihrer Gesundheit geschadet, weil viele Ställe falsch gebaut waren. Das Leben im Stall veränderte manche Gewohnheiten der Pferde, die einst in der Wildnis lebensnotwendig waren. Das Grundverhalten aus dem Wildleben ist aber bis heute im Erbgedächtnis der Stallpferde gespeichert. Sobald sie in die Freiheit der Natur entlassen werden, gewöhnen sie sich bald wieder die Gewohnheiten ihrer Urahnen an. Die Natur erinnert das Erbgedächtnis an das Wildleben und ruft das ursprüngliche Wildverhalten zurück.

Stallpferden ist meist nicht erlaubt, mit anderen Pferden in der Gruppe zusammenzuleben. So wurde der Stall notgedrungen ein Ersatz für die Geborgenheit in der Herde. Das Dach über dem Kopf mit der regelmäßig gefüllten Futterkrippe wurde ein Zufluchtsort, der vor harten Wintern schützte und vor Hungersnöten bewahrte. Dieses Gefühl der Sicherheit und Geborgenheit veranlaßt das Stallpferd beispielsweise während eines Ausrittes, an jeder Wegbiegung die Richtung zum heimatlichen Stall einzuschlagen, genauso, wie es stets die Gemeinschaft in der Herde sucht. Ob in dunkler Nacht oder bei dichtem Nebel, es würde mit Sicherheit immer zu seinem Stall zurückfinden. Das Streben des Pferdes nach dem Stall nennt der Reiter Stalldrang.

Für vollblütige Pferde und deren Mischrassen ist der geschlossene Stall in unserem naßkalten Winterwetter eine unverzichtbare Notwendigkeit geworden, obwohl die räumliche Enge den Bewegungsdrang des Lauftieres stark einschränkt. Doch der Stall schützt die empfindlichen Pferde vor kalter Nässe und Erkältungskrankheiten. Weil sie von der Natur für trockenes und warmes Klima geschaffen sind und nur ein dünnes Fell haben, würden sie sich bei unserem naßkalten Winterwetter im Freien erkälten.

Damit Stallpferde sich wohlfühlen, muß der Stall ihren Lebensbedürfnissen angepaßt sein. Große Fenster sollen viel Licht einlassen. Die Boxen müssen vier mal fünf Meter Grundfläche haben, damit das Pferd sich bequem um-

Stallpferde freuen sich sehr, wenn sie täglich hinaus in den Auslauf oder auf die Wiese dürfen. Anfangs galoppieren sie begeistert hin und her und zeigen ihr Wohlbefinden durch Freudensprünge. Doch der Übermut verfliegt rasch, weil das Gras zum Fressen verlockt.

wenden, hinlegen und aufstehen kann. Damit der Stalldunst abzieht, muß der ganze Stall ständig mit Frischluft belüftet sein, ohne daß Zugluft entsteht und die Pferde sich erkälten. Die Boxen sollten zur Stallgasse hin oben nicht durch Gitter geschlossen sein, damit die Pferde hinausblicken und einander sehen können. Denn in ringsum geschlossenen Boxen vereinsamen Pferde wie Menschen in der Gefängniszelle, weil sie den ganzen Tag traurig gegen die Wand starren. Viele Pferde gewöhnen sich in ihrer Einsamkeit und Verzweiflung viele gesundheitsschädliche Verhaltensstörungen an. Dabei schwenken sie ihren Kopf stundenlang stupide hin und her, wobei die Gelenke der Vorderbeine verschleißen können, oder sie setzen ihre Vorderzähne auf den Krippenrand auf und schlucken Luft hinunter, so daß ihre Verdauung gestört ist. Deshalb ist es sehr wichtig, daß Stallpferde neben der Reitstunde als Ausgleich täglich einige Stunden im Auslauf in frischer Luft verbringen, falls trockenes Wetter herrscht, damit sie sich diese Unarten nicht angewöhnen. Doch leider ist nur wenigen Stallpferden täglicher Auslauf oder gar Weidegang gegönnt, weil viele Reiter auf die Lebensbedürfnisse ihrer Pferde keine Rücksicht nehmen
Besser als eine Box im Stall ist eine Außenbox, wo das Pferd über die halbe Tür hinweg ins Freie blicken und frische Luft atmen kann. Es langweilt sich nicht so sehr und kann das Geschehen draußen beobachten.

Das Anbinden des Pferdes im Stall in einem eng begrenzten Stand, wo es sich nur hinlegen und aufstehen kann und den ganzen Tag stur gegen die Wand starren muß, ist Tierquälerei und sollte längst verboten sein.

Das natürliche Futter der Wildpferde

Wildpferde waren Dauerfresser, die das Grasen nur durch wenige Ruhepausen unterbrachen. In den fruchtbaren Jahreszeiten ernährten sie sich hauptsächlich von frischem Gras und saftigen Kräutern. Im Winter, bei Eis und Schnee, wenn das Futter knapp wurde, scharrten sie vertrocknete Grashalme unter dem Schnee hervor, um ihren Hunger zu stillen. Frisches Gras im Sommer und trockenes Gras im Winter war die Grundnahrung der Wildpferde im Norden. In südlichen Ländern war es gerade umgekehrt. Dort war der Sommer die Zeit der Futtersnot, weil die glühende Sonne die Futterpflanzen verdorren ließ. Die Wildpferde mußten sich mit

Frisches und getrocknetes Gras (Heu) waren und sind das gesündeste Grundfutter für Pferde.

vertrocknetem Gras begnügen. Im Winter hingegen, der ziemlich warm war, wuchs saftiges Grün im Überfluß. Da Wildpferde keine anstrengenden Arbeiten verrichten mußten, wie sie der Mensch heute von den Hauspferden verlangt, genügte ihnen Gras und Heu allein, um bei Kräften zu bleiben.

Auch für unsere Hauspferde sind Gras und Heu noch immer das gesündeste Grundfutter geblieben, obwohl die Menschen sie auch an andere Futtermittel gewöhnt haben. Ein Robustpferd, das sich im Sommer nur von Weidegras ernährt und im Winter reichlich Heu erhält, kann wie das Wildpferd gut davon leben, wenn es keine anstrengenden Arbeitsleistungen erbringen muß. Große Stallpferde hingegen, und alle Pferde, die schwer arbeiten müssen, brauchen Zusatzfutter, um die vom Menschen geforderte Arbeit leisten zu können.

Kraftfutter für die Arbeit

Wenn ein Pferd täglich anstrengende Übungen unter dem Reiter ausführen muß, verbraucht es viel Kraft, die durch Gras und Heu allein nicht ersetzt werden kann. Deshalb benötigt es zusätzlich Kraftfutter, das die verbrauchten Kräfte wieder ergänzt. Hafer ist das gesündeste Kraftfutter, das die Pferde gern fressen. Die Haferkörner werden mit kurzgeschnittenem Stroh (Häcksel) vermischt, damit die Pferde nicht hastig fressen und die harten Körner gründlich kauen. Junge Pferde, die erst wenige Zähne haben, und alte Pferde, deren Zähne schon fast abgeschliffen sind, erhalten gequetschte Haferkörner, die weicher und leichter zu kauen sind. Pferdemischfutter in kleinen Würfeln (Pellets) ist ebenfalls ein Kraftfutter, das Pferde gern mögen. Es ist aus Hafer und Vitaminen und anderen Zutaten zusammengemischt.

Rauhfutter für die gesunde Verdauung

Zum Kraftfutter gehört immer eine reichliche Portion Heu, die das Pferd für eine gesunde und gute Verdauung unbedingt braucht. Gutes Wiesenheu ist gründlich von der Sonne getrocknet, es hat eine grünliche Farbe und duftet aromatisch und besteht aus einer Mischung vieler verschiedener langstengeliger Gräser und Kräuter. Braun gefärbtes, brüchiges Heu jedoch, das muffig riecht oder sogar verschimmelt ist, darf keinesfalls verfüttert werden, weil die Pferde davon an Lunge und Darm krank werden können. Das gilt ebenso für kurzstieliges Grummetheu vom zweiten Schnitt, das sich weich anfühlt und kaum noch duftet. Je nach Größe braucht ein Pferd 5 bis 8 kg Heu pro Tag. Für die Einstreu im Stall nimmt man Haferstroh, das die Pferde gern nebenbei knabbern. Futterumstellungen von Stallfutter (Kraftfutter mit Heu) auf Gras mit Weidegang im Frühjahr und umgekehrt im Herbst, müssen in langsamen Übergängen erfolgen, damit sich der Pferdemagen an das neue Futter gewöhnen kann.

Eine Selbsttränke ist praktisch, weil das Wasser immer frisch ist und das Pferd jederzeit trinken kann, wann immer es möchte. Das Tränkbecken muß ständig sauber gehalten werden. Von der Arbeit erhitzte und schwitzende Pferde dürfen erst getränkt und gefüttert werden, wenn sie sich völlig beruhigt haben. Das Tränken von Hand aus dem Eimer geschieht immer vor dem Füttern. Ein Mineralsalzleckstein, der in der Box oder im Auslauf aufgehängt wird, befriedigt den Salzbedarf des Pferdes. Wenn Du Dein Pferd mit kleinen Leckerbissen belohnen willst, dann gib ihm Möhren oder Pellets oder trockenes, dunkles Brot, das nicht schimmelig oder bestrichen sein darf. Würfelzucker und andere Süßigkeiten schaden den Zähnen. Häufiges Füttern von Weißbrot kann die Verdauung stören.

Fütterungszeiten

Pferde haben nur einen kleinen Magen. Sie müssen immerfort fressen und können nur kleine Portionen hinunterschlucken, bis sie allmählich satt werden. Während des stundenlangen Weideganges schiebt sich der zerkaute Pflanzenbrei langsam und ununterbrochen durch Magen und Darm. Die Verdauungsorgane sind dauernd in Tätigkeit, um die Nährstoffe aus dem Futterbrei herauszuziehen und den Kot regelmäßig auszuscheiden. Darum ist es für Stallpferde am gesündesten, wenn sie nicht nur dreimal am Tag gefüttert werden, sondern die gleiche Futtermenge sechsmal über den ganzen Tag verteilt erhalten, damit keine großen Unterbrechungen in der Darmtätigkeit entstehen. Die größte Ration Heu wird am Abend gefüttert, damit die Pferde in Ruhe über Nacht fressen und verdauen können. Stallpferde kennen ihre Fütterungszeiten ganz genau. Wenn die Zeit überschritten ist, werden sie unruhig und wollen gefüttert werden. Deshalb sollten Fütterungszeiten zu jeder Tageszeit und an jedem Ort pünktlich und regelmäßig eingehalten werden.

Bei Robustpferden löst sich im Frühjahr das dichte Winterfell von der Haut. Saugfohlen wächst im ersten Winter ihres Lebens ein besonders dichtes und wolliges Fell, das ihre zarte Gesundheit vor den Unbilden der Witterung schützt.

Fellpflege der Robustpferde

Im Wildleben der Pferde beeinflußten Hitze und Kälte, Regen und Schnee das Wachstum des Haarkleides. Wälzen im Sand, Scheuern an Bäumen und gegenseitiges Fellkraulen sorgten für die Pflege des Felles.

Robustpferde, die in Gesellschaft ihrer Artgenossen im offenen Laufstall gehalten werden, leben ähnlich wie einst die Wildpferdherden das ganze Jahr über bei Wind und Wetter im Freien. Der Offenstall bietet Unterschlupf bei ganz schlechtem Wetter und ist ein Ersatz für den natürlichen Wetterschutz im Wald, im Gebüsch oder unter Felsvorsprüngen in der Wildnis. Wie bei den Wildpferden wird das Fellwachstum der Robustpferde von der Kälte und Nässe des Winters und von der Sonneneinstrahlung des Sommers bestimmt. Wenn Robustpferde in der Gemeinschaft ihrer Artgenossen leben, können sie sich wie die Wildpferde nach Belieben gegenseitig das Fell kraulen oder sich im Sand wälzen oder sich an Bäumen scheuern. Weil die Witterung das Fellwachstum beeinflußt und die Robustpferde selbst für die Pflege ihres Felles sorgen, brauchen sie nur wenig Fellpflege durch den Menschen. Zu häufiges Putzen kann schädlich sein, weil die natürliche Fettschicht auf der Haut zerstört wird, die vor Nässe und Insekten schützt. Es genügt allemal, wenn Robustpferde jeweils vor dem Ausreiten und hinterher, wenn das verschwitzte Fell wieder getrocknet ist, vom Schmutz befreit werden.

Der Fellwechsel im Frühjahr, wenn das Winterfell ausfällt, zehrt an der körperlichen Widerstandskraft der Robustpferde. In dieser Zeit sind sie geschwächt und sollten nicht besonders angestrengt werden. Eine geringe Zufütterung von Hafer stärkt die Kräfte des Robustpferdes. Man kann den Fellwechsel beschleunigen, indem man die Wolle mit dem Gummistriegel täglich herauskratzt.

Das Langhaar, also Schopf, Mähne und Schweif, wird nur gebürstet und mit der Hand verlesen, aber nicht gekämmt, damit die Haare nicht ausgerissen werden. Im Sommer kann man das Langhaar gelegentlich mit Seifenwasser waschen; aber mit klarem Wasser sehr gut nachspülen! Die kurzen Schweifhaare auf dem Schweifansatz (Schweifglocke) leiten über dem After das Regenwasser ab. Die langen Fesselhaare an den Beinen (Kötenbehang) schützen die Hufbeuge vor Nässe, Schmutz und Entzündung. Beide darf man niemals beschneiden. Wenn Mähne und Schweif zu lang wachsen, können sie an den Spitzen ein wenig kürzer geschnitten werden. Ein langer Schopf hingegen ist im Sommer ein wirksamer Fliegenschutz für die Augen.

Für die Fellpflege von Robustpferden und Stallpferden braucht man die Kardätsche (Putzbürste mit Handschlaufe), den Gummistriegel (zum Reinigen der Putzbürste und zum Aufrauhen des Felles), zwei Schwämme zur Feuchtreinigung (einen für Augen und Nüstern, den anderen für After und Geschlechtsorgane) und einen Wollappen (zum Polieren des geputzten Felles).

Fellpflege der Stallpferde

Pferde, die im geschlossenen Stall wohnen, brauchen wesentlich mehr Pflege durch den Menschen, damit das Fell gesund bleibt. Da sie unter Dach sind, können Wind und Wetter nicht reinigend auf ihr Fell einwirken. Und weil sie voneinander getrennt in Einzelboxen stehen, können sie sich nicht gegenseitig das Fell kraulen. Wälzen im Sand und Scheuern an Balken und Bäumen sind nur möglich, wenn sie nach draußen in den Auslauf dürfen, falls ein Auslauf vorhanden ist. Der Staub im Stall, der sich im Haarkleid festsetzt, und zeitweiliges Schwitzen verkrusten die natürliche Fettschicht im Fell, so daß die Poren verstopfen und die Haut nicht mehr atmen kann. Juckreiz und auch Hautentzündungen können die Folge sein, wenn das Pferd nicht täglich geputzt wird. Deshalb muß der Mensch die Fellreinigung, die im Wildleben durch Wind und Wetter, durch Fellkraulen, Wälzen und Scheuern erfolgt, beim Stallpferd durch sorgfältiges Putzen ersetzen.

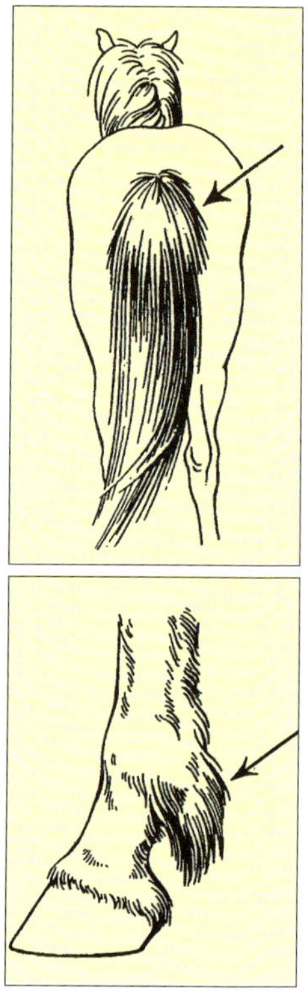

Die oberen kurzen Schweifhaare (Schweifglocke) und der Kötenbehang dürfen bei Robustpferden niemals beschnitten werden, weil sie empfindliche Körperteile schützen.

Da Stallpferde nur ein dünnes Fell haben, darf die Putzbürste nicht zu fest auf die Haut gedrückt werden. Manche Pferde sind sehr hautempfindlich oder gar kitzelig und wollen besonders sanft geputzt werden. Man putzt immer im Freien, damit der Staub vom Wind davongetragen wird. Putzt man im Stall, so wird der Staub hochgewirbelt und fällt anschließend wieder auf das Fell herab. Für Robustpferde und Stallpferde gilt, daß der Kopf, die Beine und alle anderen hervortretenden Knochenpunkte am Körper vorsichtig nur mit der Putzbürste gereinigt werden, weil der härtere Striegel an den Knochenstellen weh tut. Gut gepolsterte Muskel- und Fettpartien hingegen können vor dem Putzen mit dem Striegel

leicht aufgerauht werden, um den Schmutz zu lockern. Anschließend wird die Kardätsche mit leichtem Druck in langen Zügen und mit der Wuchsrichtung des Haarstriches auf dem Fell entlang geführt und der Staub nach jedem Zug auf dem Striegel abgestrichen.

Das Sommerfell eines gesunden, gut gepflegten und gefütterten Pferdes glänzt wie Seide in der Sonne. Bei manchen Pferden schimmern, wie beim Apfelschimmel, im Fell verschwommene Kringel durch, die auf einen besonders guten Gesundheitszustand schließen lassen.

Augen und Nüstern reinigt man mit einem sauberen, feuchten Schwamm, der vorher in klares Wasser getaucht und ausgedrückt wird. Ein zweiter feuchter Schwamm dient zum Säubern der Geschlechtsteile und des Afters. Gib aber gut acht, daß Du die Schwämme nicht verwechselst!

Das Putzen dient aber nicht nur der Fellpflege allein. Der hautnahe Umgang schafft auch Vertrauen und Zuneigung zwischen Mensch und Tier, genauso wie das Fellkraulen unter befreundeten Pferden, die eng zusammenhalten. Denn das gegenseitige Fellknabbern zweier Pferde ist Fellpflege und Freundschaftsbeweis zugleich. Und wenn der Reiter sein Pferd putzt, ist er auch ein Ersatz für den befreundeten und fellkraulenden Artgenossen.

Wälzen im Sand ist ein Grundbedürfnis des Pferdes, um Haut und Fell zu pflegen. Der Sand scheuert und massiert auf angenehme Weise die Haut. Außerdem drückt das Wälzen auch Wohlbefinden des Pferdes aus. Wenn es keinen Sattel trägt, sollte man ihm stets diese kleine Freude gönnen. Das Pferd muß anschließend nicht geputzt werden, denn der Sand übt eine gesunde Wirkung auf die Haut aus.

Miteinander befreundete Pferde kraulen sich häufig gegenseitig das Fell, um den Juckreiz zu befriedigen und die Haut zu pflegen. Außerdem ist Fellkraulen ein gegenseitiger Freundschaftsbeweis.

Pflege der Hufe

Der Reiter muß sehr darauf achten, daß die Hufe seines Pferdes gesund bleiben. Denn ein Pferd mit kranken oder verletzten Hufen, das vielleicht sogar Schmerzen empfindet, kann nicht laufen und schon gar keinen Reiter tragen. Die Hufe müssen täglich innen und außen auf Risse, Bruchstellen und eingetretene Steinchen untersucht und mit einem stumpfen Hufkratzer unterwärts gereinigt werden. Anschließend werden die Hufe mit Wasser und Wurzelbürste von allen Seiten sauber gewaschen. Der feuchte Huf wird oben und unten mit Huffett eingefettet, damit das Horn weich und elastisch bleibt. Zu trockene Hufe können an den Rändern leicht ausbrechen, wenn sie keine Hufeisen tragen. Ein Pferd, das nur am Wochenende geritten wird und vorwiegend auf weichem Sandboden geht, braucht meist keinen Hufbeschlag. Wird ein Pferd täglich geritten und muß es häufiger auch auf hartem Boden gehen, braucht es Hufeisen, damit die Hufe nicht beschädigt werden.

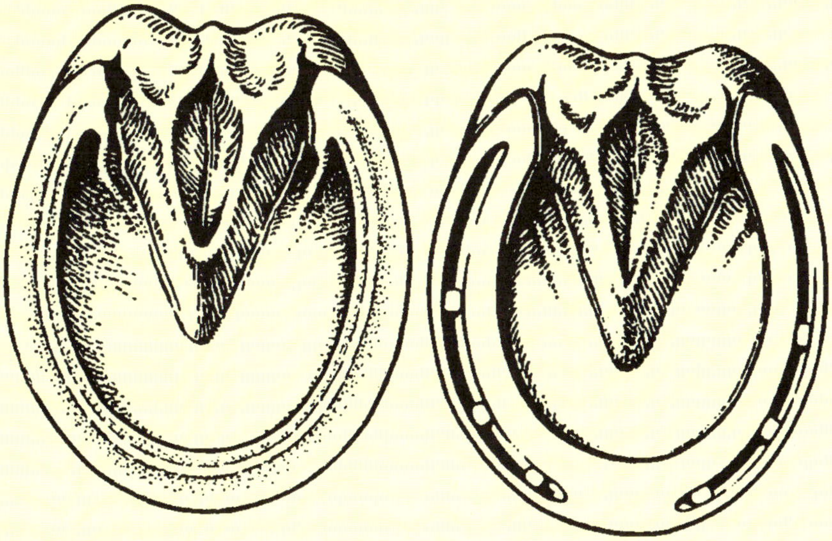

Unbeschlagener und beschlagener Huf.
Der Strahl in der Mitte der Hufsohle muß in den Ecken stets sorgfältig mit dem stumpfen Hufkratzer gesäubert werden. Anschließend wird der Huf mit Wurzelbürste und Wasser gründlich gewaschen und eingefettet.

Manche Pferde haben Hufe aus weichem Horn, das sich schneller abnutzt, andere haben harte Hufe, die sich nur langsam abnutzen. Schmied oder Tierarzt können Dir sagen, ob Dein Pferd Hufeisen braucht oder nicht. Jeweils nach sechs bis acht Wochen müssen unbeschlagene Hufe vom Schmied beschnitten werden, damit sie nicht aus der korrekten Form wachsen. Bei den beschlagenen Pferden müssen die abgenutzten Hufeisen nach spätestens acht Wochen durch neue ersetzt werden.

Die Schutzimpfung gegen Wundstarrkrampf (Tetanus) gehört ebenfalls zur Pflege des Pferdes. Sie schützt das Pferd vor Blutvergiftung, wenn es sich verletzt hat. Mehrmals im Jahr ist auch eine Wurmkur nötig, um schädliche Parasiten aus dem Pferdedarm zu vertreiben.

Pferde verstehen lernen

Pferde verstehen lernen

Gewiß ist Dir aufgefallen, daß Pferde von sehr ernster Wesensart sind. Sie lachen nicht, sie weinen nicht und geben nur selten einen Laut von sich. Sie verhalten sich eher abwartend und zurückhaltend. Im Vergleich zum Hund ist die Körpersprache des Pferdes unauffälliger und nicht sogleich zu erkennen.

Pferde sind stille und friedfertige Wesen, die selten ihre Gefühle zeigen. Doch sie empfinden genau wie Du Freude und Kummer, Wohlbehagen und Schmerz. Sie sind auch wie Du guter Stimmung oder schlechter Laune unterworfen. Ein Pferd kann nicht zu Dir sprechen. Und es versteht Dich auch nicht, wenn Du ihm etwas erzählst. Aber es kann den Tonfall Deiner Stimme genau unterscheiden. Es hört sofort heraus, ob Du es mit scharfer Stimme tadelst oder mit sanfter Stimme lobst. Ein Pferd kann Dir nicht sagen, was es fühlt. Deshalb mußt Du versuchen, seine Gefühle durch genaue Beobachtung zu erkennen. Wenn Du es liebevoll behandelst und auf seine natürlichen Bedürfnisse Rücksicht nimmst, gewinnst Du sein Vertrauen. Dann wird es ein verläßlicher Freund, der Dich niemals enttäuscht.
Wenn Dein Pferd ängstlich ist, oder wenn es etwas falsch gemacht hat, darf es niemals durch Prügel bestraft werden. Oft hat es nämlich gar nicht verstanden, was es tun soll. Viele Reiter geben sich keine Mühe, ihr Pferd zu verstehen und schimpfen es einen »sturen Bock«, wenn es anders reagiert als erwartet. In den meisten Fällen liegt die Schuld für das falsche Verhalten beim Reiter. Im Grunde seines Wesens ist das Pferd eifrig bemüht, dem Willen des Menschen zu folgen, sobald es begriffen hat, was von ihm verlangt wird.

Ein Pferd kann nicht vorausdenken wie der Mensch. Was es nicht direkt vor sich sieht, kann es sich in Gedanken nicht vorstellen. Aber es kann sich genau zurückerinnern. Es hat ein hervorragendes Gedächtnis und vergißt nie, was es einmal erlebt hat - im Guten wie auch im Bösen. Wegstrecken, die es einmal zurückgelegt hat, bleiben fest in seiner Erinnerung haften. Es gibt viele wahre Geschichten über Pferde, die unbeirrbar über weite Strecken durch Nacht und Nebel, durch Wälder und Sümpfe zielsicher wieder zum heimatlichen Stall zurückgefunden haben, wenn der Reiter sich verirrt hatte und nicht mehr weiter wußte.

Pferde sind weder besonders dumm noch besonders klug. Man kann ihre Intelligenz nicht mit der des Menschen vergleichen. Pferde folgen zuallererst ihrem Erbgedächtnis, in dem das ursprüngliche Verhalten ihrer wilden Urahnen schlummert. Man kann dieses Erbgedächtnis mit einem Computer vergleichen, in dem ein Verhaltensprogramm für das einstige Wildleben gespeichert ist, das es heute längst nicht mehr gibt. Mit diesem veralteten und überholten Verhaltensprogramm müssen sich die Pferde in unserer modernen Umwelt zurechtfinden, die der Wildnis kaum noch ähnlich ist. Das Pferd ist anderen Lebensbedingungen unterworfen, die es nicht so leicht verstehen kann. Und da sich sein Verhaltensprogramm kaum geändert hat, verhält es sich häufig noch immer so fluchtbereit, als lebte es in der Wildnis, besonders in überraschenden Situationen, die ihm Furcht einflößen, die aber in Wirklichkeit gar nicht gefährlich sind.

Das Pferd hat seine Freiheit und seine Selbständigkeit verloren, es mußte sich notgedrungen dem Leben im Stall anpassen. Es kann nicht mehr selbst bestimmen, wie es leben will. Es ist vollkommen vom Willen des Menschen abhängig geworden. Doch das ererbte Verhalten seiner Urahnen, die Sehnsucht nach Freiheit, schlummern noch immer tief in der Seele des Pferdes.

Pferde brauchen ihre Artgenossen

Das Wildpferd war ein anhängliches Herdentier, das Schutz und Geborgenheit in der Gemeinschaft seiner Herde suchte, die gegen die Gefahren der Wildnis eng zusammenhielt. Eine gewachsene Herdengemeinschaft konnte das ganze Leben lang andauern. Viele wachsame Augen vermochten anschleichende Raubtiere eher zu entdecken als ein einzelnes Tier. Viele harte Hufe, die notfalls als Verteidigungswaffe eingesetzt wurden, flößten den Raubtieren Respekt ein. Deshalb schlugen die Verfolger um große Herden meist einen weiten Bogen. Wenn aber ein Wildpferd den Anschluß an seine Herde verloren hatte und allein in der Wildnis umherirrte, fiel es fast immer den Raubtieren zum Opfer, weil keine Artgenossen bei ihm waren, die ihm helfen konnten.

Die Urnatur des Herdentieres Pferd ist deshalb von enger Bindung an die eigenen Artgenossen bestimmt. Gleichzeitig verhält es sich eher abweisend gegen andere Lebewesen. Ängstliches Mißtrauen und vorsichtige Zurückhaltung aus dem Wildleben sind dem Pferd bis heute geblieben, obgleich es die Wildnis seit langem mit dem Stall ver-

Wenn zwei Pferde sich anfreunden, wie der Dunkelfalbe und der Apfelschimmel, sind sie unzertrennlich und unternehmen alles gemeinsam.

tauscht hat, wo keine Gefahren drohen. Und noch immer fühlt sich das Herdentier viel stärker zu seinen Artgenossen hingezogen als zu den Menschen, obwohl es schon seit Jahrtausenden in deren Obhut lebt.

Pferde haben eine feine Nase

Der Geruchssinn des Pferdes ist von allen Sinnen am stärksten entwickelt. Schon auf große Entfernung kann es Lebewesen wittern oder andere Gerüche aufnehmen, die ihm der Wind in die Nüstern trägt. In der Nähe beschnuppert es alles und jedes, um es am Geruch zu erkennen. Es will sicher sein, daß es mit bekannten und vertrauten Lebewesen oder Gegenständen zu tun hat, die keine Gefahr bedeuten. Fremden Menschen oder Dingen nähert es sich vorsichtig, zögernd und mißtrauisch, um über den Geruch zu prüfen, ob Gefahr droht oder ob es sich sicher fühlen kann. Menschen, die mit ihm umgehen, und alle Gerätschaften, die mit seinem Körper direkt in Berührung kommen, möchte das Pferd gründlich beriechen, damit es weiß, um wen oder was es sich handelt. Jeden Tag und immer wieder! Putzzeug, Sattel und Zaum solltest Du deshalb vor Gebrauch immer erst beschnuppern lassen, bis das Pferd zufrieden ist. Wenn es vor einem Traktor oder einer Sprungstange scheut, führe es mit Geduld und beruhigenden Worten an den Gegenstand der Furcht heran, damit es ihn ausgiebig beschnuppern kann. Dann wird es seine Furcht fast immer verlieren.

Wenn ein männliches Pferd besonders absonderliche oder erregende Düfte wittert, etwa den Kotgeruch einer Stute oder Tabakduft, nimmt es eine auffällige Körperhaltung ein, die man Flehmen nennt. Es streckt den Kopf empor, schließt die Augen, kneift die Nüstern zu, hebt die Oberlippe und entblößt die Zähne. Man vermutet, daß die außergewöhnliche Gebärde zumeist Ekel, manchmal aber auch Wohlgefallen ausdrückt. Das Flehmen des Pferdes könnte etwa dem Naserümpfen des Menschen gleichen (s. S. 106).

Wenn zwei Pferde einander begegnen, ziehen sie Nüster an Nüster den Atem des anderen ein, um zu prüfen, ob man sich »riechen kann«. Nicht selten entscheidet der Geruch, ob sie Freunde werden oder nicht. Den gleichen Vorgang kannst Du auch mit Deinem Pferd nachahmen. Du hauchst ihm sanft und vorsichtig Deinen Atem in die Nüster. Wenn es dann behutsam, ohne Dich zu berühren, an Deiner Wange, Deinen Händen und an Deiner Kleidung schnuppert, um Deinen Körpergeruch einzuatmen, ohne sich abzuwenden und die Ohren nach hinten zu richten, ist dies ein Geschenk des Vertrauens für Dich. Seine interessierte Zuwendung zeigt Dir, daß es Dich mag. Und wenn Du es noch mit der Hand in den Mähnenkamm zwickst und das Fellkraulen der Pferde nachahmst, ist es vollends zufrieden. Und wenn Dein Pferd den Freundschaftsbeweis erwidert und Dich mit den Zähnen in den Arm zu zwicken versucht, darfst Du es nicht unsanft zurückstoßen, auch wenn es ein bißchen weh tut. Denn es will Dir auf seine Weise sagen, daß es Dich mag und Dein Freund ist. Zumeist aber wird es als Antwort auf Deine Liebkosung nur mit der Oberlippe ins Leere zucken, weil Du kein Fell hast, das es kraulen kann.

Pferde lieben leise Töne

Pferde können viel genauer und weiter hören als Menschen. Ihre nach allen Seiten beweglichen Ohren sind wie schwenkbare Radargeräte, die gleichzeitig aus verschiedenen Richtungen Geräusche auffangen können. Wenn ein Pferd die Stimme oder die Schritte eines weit entfernten Menschen längst wahrgenommen hat, kannst Du die Laute noch lange nicht hören. Ein Pferd kann sogar solche Töne und Geräusche wahrnehmen, die der Mensch nicht mehr hören kann. Das Gehör des Pferdes ist empfindlich gegen sehr laute Geräusche. Flugzeuglärm oder dröhnende Musikkapellen sind unangenehm

Pferde lieben Musik, wenn sie nicht zu laut ist. Besonders in der Reitbahn beim Reiten kann Musik das Pferdeohr erfreuen und das Gemüt des Pferdes beruhigen.

für das Pferdeohr. Krach und Radau, Lärm und Getöse, Geschrei und Gebrüll machen Pferde nervös und können sie in Angst und Schrecken versetzen. Leise Musik lieben sie dagegen sehr. Sprich immer in normaler Lautstärke zu Deinem Pferd, dann wird es Dir aufmerksam zuhören. Wenn es etwas falsch gemacht hat, genügt schon ein scharfes Wort als Rüge, um es auf einen Fehler hinzuweisen. Ein Reiter soll sich im Zorn niemals hinreißen lassen, sein Pferd unbeherrscht anzubrüllen.

Sprich Dein Pferd immer wieder mit seinem Namen an, bei jedem Wiedersehen und bei jedem Abschied und zwischendurch bei den alltäglichen Verrichtungen. Sprich zu jeder Gelegenheit mit Deinem Pferd, damit es sich an den Klang Deiner Stimme gewöhnt. Worte mit leiser und tiefer Stimme ausgesprochen wirken beruhigend auf das Pferd. Schnalzen, Zischen und kurze Rufe in hohen Tönen wirken aufmunternd und antreibend, zum Beispiel beim Führen oder Reiten.

Pferde schauen in die Ferne

Die Augen des Pferdes sind vor allem für weite Sicht geschaffen, um natürliche Feinde schon frühzeitig entdecken zu können. In der Ferne entgeht ihnen kaum eine Bewegung. Da die Augen an den Seiten des Kopfes liegen, kann das Pferd auf jeder Seite gleichzeitig einen weiten Halbkreis überblicken, ohne den Kopf drehen zu müssen. Alles, was hinter ihm und direkt vor ihm geschieht, kann es dagegen nur sehen, wenn es den Kopf ein wenig zur Seite wendet, damit es in den Blickwinkel eines Auges gerät. Auf nahe Sicht äugt es ziemlich unbeholfen, weil sein langer Kopf den Blickwinkel zum Boden vor seinen Hufen verdeckt. Darum muß es den Kopf ein wenig schief halten, wenn es auf einen Graben oder eine Sprungstange zugaloppiert, um den Sprung genau abschätzen zu können.

Das Pferdeauge erspäht sofort alles, was sich bewegt. Bewegungen jeder Art wecken sogleich das Interesse, die Vorsicht oder das Mißtrauen des Pferdes. Denn im Wildleben ließen verdächtige Bewegungen im Umfeld meist auf leise anschleichende Raubtiere schließen. Auf plötzliche Bewegungen in der Nähe reagiert das Pferd oft schreckhaft. Rasche und unverhoffte Bewegungen mit den Händen vor den Augen des Pferdes und unbeherrschtes Herumfuchteln, etwa mit Stöcken oder Tüchern, können Pferde in die Flucht schlagen. Auch gut gemeintes Tätscheln mit der flachen Hand im Gesicht mögen Pferde nicht. Sanftes, festes Streicheln dulden sie schon eher. Beim Umgang mit dem Pferd sollten Deine Bewegungen immer ruhig und beherrscht und niemals hastig sein, damit es nicht erschrickt und Unheil anrichtet.

Farben kann das Pferd weniger gut unterscheiden. Wenn Du Dich im Gebüsch oder im hohen Gras niederkauerst und die Farbe Deiner Kleidung mit der Umgebung übereinstimmt, kann das Pferdeauge Dich kaum entdecken, wenn Du Dich nicht bewegst und der Wind von Dir weg weht, so daß es auch keine Witterung aufnehmen kann. Wenn ein Pferd vor einem weißen Stück Papier am Weg erschrocken zur Seite springt, ist das keine Dummheit, sondern kluge Vorsicht aus dem Wildleben, die noch immer im Erbgedächtnis schlummert. Wenn ein Wildpferd im hohen Gras plötzlich die weißen Zähne eines Raubtieres aufblitzen sah, rettete es sich blindlings durch einen raschen Fluchtsprung, ohne genauer hinzusehen. Jedes Zögern hätte den Tod bedeuten können. Das weiße Papier erinnert das Erbgedächtnis des Pferdes an die weißblitzenden Raubtierzähne und löst noch immer den raschen lebensrettenden Fluchtsprung aus, obwohl keine Gefahr droht. Halte das ängstliche Verhalten des Pferdes nicht für dumm. Es folgt nur seinem Instinkt, der für ganz andere Lebensumstände, nämlich für seine Sicherheit in der Wildnis, programmiert war.

Das Spiel der Pferdeohren verrät Gefühle

An den Bewegungen der Ohren kannst Du am leichtesten erkennen, was ein Pferd empfindet und welche Absichten es verfolgt. Die Ohren sind immerfort in Bewegung, um Geräusche von nah und fern aufzufangen. Ihre jeweilige Stellung verrät die Stimmung des Pferdes. Das Ohrenspiel zeigt Dir an, ob das Pferd froh oder traurig ist, ob es aufpaßt oder abgelenkt ist, ob es friedlich oder angriffslustig gestimmt ist.

Wenn ein Pferd die Ohren spitzt, wenn es die Ohren also gerade nach vorn stellt, konzentriert es sein Gehör in eine bestimmte Richtung, etwa um die Stimmen von Menschen und Tieren oder andere Laute aufzufangen. Dabei nimmt es gleichzeitig Nüstern und Augen zuhilfe, um auch den Geruch und die äußere Erscheinung eines näherkommenden Menschen zu erkennen. Gespitzte Ohren können vielerlei bedeuten, zumeist ist das Pferd friedlich gestimmt. Es spitzt die Ohren, wenn es neugierig ist und irgend etwas gespannt beobachtet, wenn Du zu ihm sprichst und ihm einen Leckerbissen reichst, wenn es einem Artgenossen begegnet oder auf ein Sprunghindernis zugaloppiert. Und immer sind Nase und Augen mit im Spiel, um Ereignisse in der Umwelt blitzschnell zu erfassen. Wenn Du den Ausdruck der Ohren, der Augen und der Nüstern gleichzeitig beobachtest, kannst Du an der Mimik des Pferdegesichtes erkennen, was das Pferd fühlt, wie es gestimmt ist und was es tun will.

Beim Grasen auf der Weide oder beim Fressen an der Futterkrippe dreht das Pferd die gespitzten Ohren meist ein wenig nach außen. Da es eifrig mit Fressen beschäftigt ist und seine ganze Aufmerksamkeit auf das Futter richtet, nehmen die Ohren vorübergehend eine Ruhestellung ein, sie sind »außer Dienst«. Gleichwohl sind sie bereit, jedes Geräusch aufzufangen. Das Pferd ist zufrieden und fühlt sich wohl. Nur ungern läßt es sich vom Fressen ablenken. Damit es in Ruhe kauen und verdauen kann, sollte man es beim Fressen nicht stören und ihm anschließend eine Verdauungspause gönnen.

Wenn die aufrecht gestellten Ohren zeitweilig länger zur Seite gerichtet sind, fühlt sich das Pferd nicht wohl. Es ist lustlos und mißmutig gestimmt, es leidet, weil es vielleicht in einem schlechten Stall untergebracht ist, es ist verzweifelt, weil es seine Situation nicht ändern kann, oder es hat ständig Angst, weil der Reiter zuviel von ihm verlangt. Es kann keinerlei Lebensfreude mehr empfinden. Beim Reiten ist die starre seitliche Ohrenstellung zu beobachten, wenn der Reiter ständig Zwangsmittel anwendet, die Schmerzen verursachen, oder wenn er das Pferd zu Übungen zwingt, die über seine Kräfte gehen. Das Pferdegesicht drückt Furcht und Qual aus, die Augen sind schreckhaft geweitet und die Nüstern blähen sich. Wenn das Pferd auf der Weide die Ohren dauernd zur Seite stellt, ist es krank und leidet unter Schmerzen.

Wenn die seitlich geschwenkten Ohren herunterhängen, döst das Pferd meist vor sich hin. Es kann ihm aber auch schlecht gehen, weil es traurig ist oder von Schmerzen geplagt wird. Der Umwelt gegenüber verhält es sich teilnahmslos, es ist nicht einmal am Futter interessiert. Die Augen haben einen müden und gequälten Ausdruck, es ist ihm alles egal. Meist ist es dann seelisch krank, weil es ständig überfordert wird. Es hat sich mutlos in sein Schicksal ergeben.

Die Ohren sind zur Seite gestellt und horchen nicht in eine bestimmte Richtung. Der Gesichtsausdruck ist mißmutig, das Pferd fühlt sich nicht wohl.

Wenn ein Fohlen auf der Weide einem älteren Pferd zu nahe kommt, läßt es die Ohren ebenfalls seitlich hängen. Es duckt den Kopf und macht mit dem Maul eine Kaubewegung, die dem stärkeren Pferd sagen soll, »ich bin noch klein und wehrlos, bitte tu' mir nichts«. Seitlich hängende Ohren drücken also fast immer Ergebenheit in ein mißliches Schicksal oder Unterwerfung unter ein stärkeres Pferd aus.

Rückwärts gespitzte Ohren horchen auf Geräusche von hinten. Beim Reiten kannst Du beobachten, wie die gespitzten Ohren eines gut gerittenen Pferdes gleichzeitig oder einzeln unablässig von hinten nach vorn und zurück wechseln, um wachsam auf die Hilfen des Reiters und gleichzeitig auf den Weg zu achten. Das lebhafte Ohrenspiel zeigt an, daß es aufmerksam und gehorsam ist und sich wohlfühlt, weil es einen guten Reiter trägt, der ihm keinen

Die rückwärts gespitzten Ohren horchen aufmerksam nach hinten zum Reiter, der gerade die Zügel aufnimmt.

Zwang antut. Auch in anderen Situationen zeigen das lebhafte Ohrenspiel und der wache Ausdruck der Augen, daß das Pferd interessiert am Geschehen in seiner Umgebung teilnimmt.

Flach nach hinten angelegte Ohren sind Warnung und Drohung zugleich, auf die ein Angriff folgen kann. Das Pferd will zunächst sagen, »Komm' mir nicht zu nahe!«. In den Augen blitzen weiße Ränder auf, Nüstern und Maulwinkel werden hochgezogen und bilden Falten. Wenn das Pferd sein Drohgesicht zeigt, kann es im nächsten Augenblick mit Zähnen und Hufen zum Angriff übergehen, wenn der Abstand nicht gewahrt wird. Manchmal genügt ein beruhigendes oder scharfes, befehlendes Wort, damit das Pferd sich entspannt. Versuche, die Ursache seines feindseligen Verhaltens herauszufinden! Prüfe zuerst, ob Du etwas falsch gemacht hast, ehe Du dem Pferd die Schuld gibst!

Einige einfache Faustregeln helfen Dir, die Empfindungen des Pferdes am Ohrenspiel zu erkennen.

Wenn das Pferd die Ohren nach vorn spitzt, ist es fast immer friedlich gestimmt. Es richtet seine volle Aufmerksamkeit neugierig und gespannt auf ein bestimmtes Ziel.
Wenn es die Ohren mehr oder weniger seitwärts richtet, drückt das Pferd meist Zurück-

Beißangriff eines empfindlichen Pferdes beim Anziehen des Sattelgurtes. Die Ohren liegen zurück und die Nüstern sind hochgezogen.

haltung und Abwehr aus. Es will Abstand wahren oder es fühlt sich nicht wohl. Wenn die seitlich geschwenkten Ohren herunterhängen, unterwirft es sich einer höheren Gewalt oder es empfindet seelisches Leid oder körperlichen Schmerz.

Wenn das Pferd die aufrecht stehenden Ohren rückwärts richtet, horcht es gespannt nach hinten. Lebhaftes Ohrenspiel vor und zurück drückt waches Interesse an der Umwelt und Wohlbefinden aus. Wenn das Pferd die Ohren flach nach hinten auf das Genick legt, droht es mit Verteidigung oder Angriff und ist auf Abstand bedacht, es will sagen: »Komm mir nicht zu nahe!«

Pferde sprechen wenig miteinander

Pferde verständigen sich untereinander seltener durch die Stimme. Der Vorrat ihrer Laute ist begrenzt. Ihre Lautäußerungen bestehen wesentlich aus Schnauben, Wiehern, Quieken, Blubbern, Stöhnen und Seufzen, die in unterschiedlichen Lautstärken und Tonhöhen zu hören sind.

Das Schnauben hat vorwiegend zweierlei Bedeutung. Im Wildleben machte das Warnschnauben eines Wildpferdes die übrigen Herdenmitglieder auf eine drohende Gefahr aufmerksam, damit alle rechtzeitig die Flucht ergreifen konnten. Das Schnauben hat aber auch den Zweck, die Nase von

Staub und Schleim zu reinigen. Bei geschlossenem Maul und mit vibrierenden Nüstern bläst das Pferd einen kräftigen Atemstoß durch die Nase, damit die Nasengänge frei werden und die Atemluft ungehindert ein- und ausströmen kann.

Das Wiehern ist meist ein Rufen nach entfernten Artgenossen, das in seinen lautesten und höchsten Tönen kilometerweit zu hören ist. Es wird auch beim Abschied oder bei Begrüßung befreundeter Artgenossen ausgestoßen. Kämpfende Hengste versuchen oftmals, sich gegenseitig durch ein tiefes, schreiendes Wiehern einzuschüchtern.

Erbostes Quieken lassen vorwiegend Stuten hören, wenn sie einen sehr zudringlichen Hengst abwehren, oder wenn sie einen Streit untereinander

Wenn das Pferd flehmt, weil es einen außergewöhnlichen Duft wahrnimmt, sind die Ohren außer Dienst. Während die Oberlippe hochklappt, bleiben Zähne und Nüstern geschlossen. An den geschlossenen Zähnen und Nüstern kannst Du Dir am besten merken, daß ein Pferd flehmt und nicht gähnt.

Beim Gähnen aus Müdigkeit oder Langeweile sind die Ohren ebenfalls außer Dienst, sie horchen nicht in eine bestimmte Richtung und sind zur Seite gestellt. Das Pferd schließt die Augen, reißt das Maul weit auf und zieht die Oberlippe hoch. Die Zähne sind nicht geschlossen.

austragen. Auch Wallache können gelegentlich quieken, wenn sie um die Rangordnung kämpfen.

Blubbern ist ein Zeichen freudiger Erwartung unter Stallpferden, wenn sie gefüttert werden, oder wenn sich ein bekannter Mensch nähert, von dem sie wissen, daß er stets Leckerbissen in der Tasche trägt.

Pferde, die unter körperlichen Schmerzen leiden, lassen gelegentlich ein heiseres, verhaltenes Stöhnen hören. Und manche Stallpferde seufzen vor Einsamkeit und Langeweile, weil man sie den ganzen Tag in eine ringsum geschlossene Box einsperrt, wo sie keine Bewegung, keinen Kontakt zu Artgenossen und keine frische Luft haben.

Die Körpersprache der Pferde

Menschen können sich mit vielen Wörtern in fließender Rede verständigen. Pferde können dies nicht. Sie kennen nur wenige Lautäußerungen, um Gefühle auszudrücken. Sie verständigen sich untereinander hauptsächlich durch ihre Körpersprache, durch bestimmte Bewegungen, Gebärden und Gesten, die ihre Empfindungen und Absichten sichtbar machen.

Pferde beobachten vor allem Körperbewegungen und Mienenspiel ihrer Artgenossen, um deren Absichten zu erfahren. Die auffälligsten Merkmale ihrer Körpersprache kannst Du bei genauem Hinsehen leicht erkennen. Sie drücken sich in der Mimik des Pferdegesichtes, in den Bewegungen der Beine und in der Haltung des Schweifes aus.

Pferde sind friedliche Herdentiere, die im Wildleben gegen die Gefahren der Wildnis eng zusammenhielten, damit sie überleben konnten. Deshalb wurden tätliche Streitigkeiten untereinander möglichst vermieden. Wildpferde versuchten, ihre Meinungsverschiedenheiten stets zuerst durch Drohungen und Einschüchterungen zu bereinigen, ohne den anderen anzugreifen. Ernsthafte Streitigkeiten mit schwerwiegenden Verletzungen fanden selten statt. Und auch dann wurden bestimmte Regeln eingehalten. Wenn der Unterlegene zu erkennen gab, daß er den Kampf beenden wollte, ließ der Stärkere sogleich von ihm ab.

Wenn beispielsweise ein Leithengst einem anderen Hengst begegnet, will er ihn zunächst nur durch seine imponierende Erscheinung beeindrucken. Er wird zum Angeber, der mit seinen Muskeln prahlt. Er hebt den Kopf und rundet den

Hals zu einem schönen Bogen, um größer und furchterregender zu erscheinen. Und er setzt sein Drohgesicht auf, indem er die Ohren flach nach hinten legt und mit den Augen rollt. Mit schwebenden Paradetritten trabt er herbei, um auf die Schlagkraft seiner Hufe hinzuweisen. Durch sein Imponiergehabe will er den anderen beeindrucken, er will vorführen, wie mächtig und stark und flink er ist. Er droht mit seiner Kraft, um den Gegner einzuschüchtern und einen Kampf möglichst zu vermeiden.

Erst wenn der Gegner sich nicht beeindrucken läßt und seinen Platz behauptet, wird der Streit um den höheren Rang durch Tätlichkeiten ausgetragen. Die Streithähne erheben sich auf die Hinterbeine und schlagen mit den Vorderhufen aufeinander ein. Sie versuchen, sich gegenseitig in den Hals oder in die Vorderbeine zu beißen und den anderen in die Knie zu zwingen. Wenn der Unterlegene den Kampf abbrechen möchte, schleicht er in geduckter Körperhaltung beiseite und läßt die Ohren unterwürfig herabhängen. Der Sieger läßt ihn dann sofort in Ruhe. Durch diese Spielregeln werden ernsthafte Verletzungen zumeist vermieden.

Wenn es zwischen zwei Hengsten zum Kampf kommt, halten sie bestimmte Spielregeln ein. Sie versuchen sich gegenseitig in den Hals zu beißen, oder sie erheben sich auf die Hinterhand und trommeln mit den Vorderhufen aufeinander ein, oder sie beißen sich gegenseitig in die Vorderbeine, um den anderen in die Knie zu zwingen.

Die Bewegungen des Schweifes verraten die Empfindungen des Pferdes ebenso, wie das Ohrenspiel. Hauptsächlich dient der Schweif zur Abwehr von Insekten. Schläge mit dem Schweif können so heftig sein, daß sie Deine Haut wie Peitschenschläge treffen. Wenn ein Pferd aufgeregt ist oder sich unbehaglich fühlt, schlägt es mit dem Schweif hin und her. Schweifschlagen beim Reiten deutet zumeist an, daß das Pferd nervös ist, weil der Reiter Zwang anwendet und zu stark mit den Sporen arbeitet. Wenn Stallpferde auf die Weide dürfen, drücken sie ihre Freude durch Galoppaden und Luftsprünge aus, wobei sie den Schweif in freudiger Erregung hoch erhoben tragen, so daß er wie eine Fahne hinterherweht. Pferde, die erregt sind oder sich anstrengen, heben den Schweif an. Pferde in Ruhe lassen den Schweif hängen. Und Pferde, die sich anderen unterwürfig zeigen, klemmen den Schweif ein, wobei sie gleichzeitig die Ohren hängen lassen. Das ganze Pferd scheint sich zu ducken.

Das Verhalten der Pferde untereinander

Im Zusammenleben der Pferde spielt die Rangordnung eine wichtige Rolle. Im Auslauf oder auf der Weide oder wo immer fremde Pferde zusammentreffen, entsteht sofort Unruhe, weil sie sogleich ihre Rangordung feststellen wollen. Die Pferde zeigen ihr Drohgesicht und versuchen, sich gegenseitig mit der Hinterhand beiseite zu drängen. Wenn Drohungen nichts nützen, werden Zähne und Hufe eingesetzt, um sich Respekt zu verschaffen. Bisse in den Hals und Hufschläge auf die Hinterbacken verleihen den Drohgebärden Nachdruck. Die Streitereien werden von wütenden Quiektönen begleitet. Doch die Geplänkel sind nur halb so schlimm wie sie aussehen. Man geht zumeist ziemlich vorsichtig miteinander um, um sich gegenseitig nicht zu verletzen. Schließlich gewinnt das klügste oder stärkste Pferd die Oberhand und wird Anführer der Gruppe. Es beweist seinen Artgenossen, daß es allen überlegen ist. Die übrigen Pferde kämpfen in gleicher Weise um ihren Rang, bis die Rangfolge vom Anführer bis zum jüngsten oder schwächsten Pferd geklärt ist. Bei Rangordnungskämpfen sind meist

Das ranghöchste Tier einer Herde beansprucht immer den ersten Platz. Der Rappe ist Anführer der Herde. Wenn ihn ein rangniederes Pferd beim gemeinsamen Galopp überholen will, beißt er es zurück.

nicht allein überlegene Körperkraft, sondern auch Klugheit und Lebenserfahrung eines Pferdes maßgebend.

Die Rangordnung hat ihren Ursprung im Wildleben des Pferdes. Sie war eine Notwendigkeit gegen die Gefahren der Wildnis. Eine Wildpferdherde setzte sich aus zahlreichen Familien zusammen, die geordnete Gruppen bildeten und getreu zusammenhielten. Im Fall einer plötzlichen Flucht wußte jedes Tier, wie es sich verhalten mußte. Die klügsten Pferde führten die Herde an und die stärksten übernahmen die Verteidigung gegen natürliche Feinde. Die jungen und unerfahrenen, die schwachen und weniger klugen Tiere fühlten sich unter der Obhut der erfahreneren und stärkeren Leittiere sicher und geborgen und richteten sich genau nach deren Verhalten.

Die Leittiere einer Herde hatten viel zu tun. Immerfort waren sie um das Wohlergehen und den Zusammenhalt der Herdenmitglieder besorgt. Sie achteten darauf, daß ihre Artgenossen keinen falschen Weg einschlugen, der in bodenlose Sümpfe führen konnte. Ständig umkreisten Sie die Herde, um sie eng zusammenzuhalten, damit die Pferde nicht auseinanderliefen und sich verirrten und Raubtieren zum Opfer fielen. Im Notfall verteidigten sie ihre Herde tapfer gegen beutegierige Angreifer und setzten ihr Leben aufs Spiel.

Mit dem Recht des Stärkeren beanspruchten die Leittiere aber auch die besten Plätze am Futter und an der Tränke oder auch den günstigsten Schutz bei Schneesturm oder Insektenplage. Die übrigen Herdenmitglieder respektierten das Vorrecht der Leittiere und ordneten sich unter, weil ihnen ihre Sicherheit wichtiger war.

Der Anführer einer Pferdegruppe auf der Weide erfreut sich heutzutage fast nur noch der Vorteile. Er muß seine Herde nicht mehr gegen Raubtiere verteidigen und auch keine gangbaren Wege suchen. Die Gefahren der Wildnis gibt es nicht mehr. Er besteht aber noch immer auf seinem Herrschaftsanspruch, weil ihm sein Erbgedächtnis und der Instinkt aus grauer Vorzeit befehlen, die Rangordnung herzustellen.

Das Herdentier Pferd ist vor allem an Freundschaft zu seinen Artgenossen interessiert, am liebsten möchte es friedlich mit seinesgleichen auskommen. Wenn die Rangfolge in einer Pferdegruppe geklärt ist, freunden sich die Pferde häufig paarweise an. Pferdefreundschaften können das ganze Leben andauern, wenn sie der Mensch nicht auseinanderreißt. Wenn befreundete Pferde getrennt werden, sind sie für lange Zeit traurig gestimmt.

Das Pferd ist von Natur aus gewöhnt, sich dem klügeren und stärkeren Artgenossen unterzuordnen. Dieses Verhalten macht sich der Mensch zunutze. Mit der Kraft seines Verstandes vermag er die Führungsrolle des ranghöchsten Artgenossen zu übernehmen. Durch liebevolle Behandlung, die das Pferd versteht und die seinem Verhalten entspricht, gewinnt er das Vertrauen der Tierseele. Manche Reiter glauben, das Pferd durch Zwang und Gewalt unterwerfen zu können. Doch damit zerstören sie das Vertrauen zwischen Tier und Mensch. Ein Pferd, das gequält wird, ist niemals ein verläßlicher Partner, weil es kein Vertrauen zum Menschen hat. Es wird immer ängstlich oder ungehorsam oder widersetzlich sein und ist deshalb auch ein Unfallrisiko für den Reiter.

Wenn Du Gesichtsmimik und Körpergebärden des Pferdes genau beobachtest, kannst Du seine Gefühle und Absichten erkennen. Doch Dein Pferd beobachtet auch Dich, genauso, wie es die Mimik seiner Artgenossen beobachtet, um Deine Laut- und Körpersprache zu verstehen. Es stellt sich auf Dein Verhalten ein. Es erkennt sofort, ob Du Angst vor ihm hast oder nicht, es fühlt instinktiv, ob Du es als Freund oder Sportgerät betrachtest, und es weiß genau, ob Du es gut mit ihm meinst oder nicht.

Dein Umgang mit dem Pferd

Dein Pferd soll Dir gehorchen. Du sollst beim Umgang mit dem Pferd in allen Situationen die Führungsrolle übernehmen, sei es beim Reiten oder Pflegen. Du mußt der ranghöchste Artgenosse sein, dem das Pferd gern folgt; genauso wie es in der Herde die Führung des Leittieres respektiert. Handle immer bestimmt und entschieden, damit Dein Pferd Dich versteht und anerkennt. Es merkt sofort, wenn Du wankelmütig und unentschlossen bist. Dann gehorcht es Dir nicht und tut, was es will, besonders beim Reiten.

Pferde sind Gewohnheitstiere. Sie lieben es, wenn jeder Tag in derselben gewohnten Weise abläuft. Beim Putzen, beim Säubern der Hufe und allen anderen Verrichtungen solltest Du darauf achten, daß Du möglichst immer dieselbe Reihenfolge einhältst. Dann fühlt sich Dein Pferd wohl und fürchtet sich nicht. Begleite Deine Handlungen stets mit denselben Worten und Befehlen, die möglichst kurz und deutlich zu verstehen sind, damit das Pferd sie im Gedächtnis behält. Wenn es beispielsweise den Huf zum Reinigen hochheben soll, rufst Du kurz und befehlend: »Huf!«. Gleichzeitig hebst Du das Bein mit der Hand an, damit es weiß, was gemeint ist. Wenn es nach einiger Zeit die Bedeutung des Wortes verstanden hat, wird es auf Dein Kommando den Huf von selbst hochheben, ohne daß Du mit der Hand nachhelfen mußt. Wenn es anfangs noch nicht so recht mitmachen will, gibst Du ihm hinterher jedes Mal einen Leckerbissen. Auf diese Weise kannst Du Dein Pferd in vielen täglichen Verrichtungen zum freiwilligen Gehorsam erziehen.

Wenn Du Dich Deinem Pferd näherst, rufe es immer frühzeitig an, möglichst mit seinem Namen, damit es Dich rechtzeitig bemerkt und nicht erschrickt, falls es gerade gedöst hat. Sprich bei jeder Gelegenheit mit Deinem Pferd, damit ihm Deine Stimme vertraut wird. Nähere Dich einem Pferd niemals leise und unbemerkt von hinten, ohne es anzurufen, damit es vor Schreck nicht versehentlich nach Dir ausschlägt. An fremde Pferde, die man nicht kennt, geht man grundsätzlich nicht von hinten heran.

Schrei' Dein Pferd niemals an, wenn Du glaubst, daß es etwas falsch gemacht hat. Meist trägt es gar keine Schuld. Tadle es durch scharfe Worte, wenn es widersetzlich ist, und rede ihm begütigend zu, wenn es Angst hat. Wenn es eine Aufgabe willig ausgeführt hat, lobe es durch Streicheln oder Klopfen und durch Worte oder gib ihm einen Leckerbissen. Aber nicht übertreiben! Der Leckerbissen ist immer nur Belohnung für eine gut ausgeführte Übung. Wenn Du Dein Pferd häufig ohne Grund aus der Hand fütterst, erziehst Du es zum lästigen und aufdringlichen Bettler, der ständig Deine Taschen absucht und Dir aus Ärger die Knöpfe von der Jacke beißt, wenn er keinen Leckerbissen findet.

Ein Pferd, das in einer vergitterten Box steht, darf man durch die Gitterstäbe hindurch nicht mit Strohhalmen oder anderen Dingen necken und auch nicht mit Leckerbissen füttern, wie das Kinder häufig tun! Ständige Foppereien durch die Gitterstäbe können Pferde so verärgern, daß sie bissig und bösartig werden.

Achte darauf, daß Deine Bewegungen immer ruhig und langsam sind, damit das Pferd

1

2

Kinder, die noch nicht so kräftig sind wie Erwachsene, können eine leichte Methode anwenden, um die Hufe zu säubern. Allerdings muß das Pferd ganz brav und gut erzogen sein. »Bea« zeigt Dir, wie man es macht.

1 Während Du mit dem Pferd sprichst, streichst Du mit der linken Hand über Rücken und Kruppe. 2 Deine Hand gleitet am Pferdebein hinab.

Beim Hochnehmen des Hinterhufes vergiß nie, vorher mit dem Pferd zu sprechen und mit der Hand vom Rücken über die Kruppe am Pferdebein hinunter zu streichen. Dann kannst Du das Bein entweder anheben oder einfach auf die Zehenspitze stellen, je nachdem, wie kräftig Du bist. Du bleibst stets an der Seite der Hinterhand des Pferdes, damit Du nicht getroffen wirst, falls es ausschlagen sollte.

3

4

3 Am Fesselgelenk hebst Du das Pferdebein ein wenig an und schiebst es etwas nach hinten hinaus. 4 Dann kippst Du den Huf nach hinten und wartest, bis das Pferd den Hinterhuf selbst auf die Zehenspitze stellt, so daß die Hufsohle nach hinten zeigt. So kannst Du den Huf reinigen, ohne daß Du das schwere Pferdebein halten mußt.

nicht erschrickt. Pferde, die in Ruhe erzogen sind und Vertrauen zum Menschen haben, sind selten schreckhaft. Würdest Du nicht auch erschrecken und den Kopf zurückwerfen, wenn Dir jemand hastig vor den Augen herumfuchtelt?

Wenn Du den Körper Deines Pferdes berührst (beim Putzen oder beim Hufe säubern), soll Deine Hand energisch zufassen. Zaghafte und kitzlige Berührungen mögen die Pferde nicht. Unter ihresgleichen gehen sie auch nicht zimperlich miteinander um.

Wenn Dein Pferd sich gern im Sand oder Gras wälzen möchte, so gönne ihm das kleine Vergnügen, wenn es nicht gesattelt ist. Wenn es sich mit Sattel wälzt, kann es sich im Rücken weh tun oder der Sattel wird beschädigt. Erlaube ihm das Wälzen auch dann, wenn Du es gerade geputzt hast. Wälzen ist ein Grundbedürfnis des Pferdes, es pflegt das Fell und befreit die Haut von Juckreiz. Würdest Du Deinen Rücken nicht auch gern an einem Pfosten scheuern, wenn er an einer Stelle juckt, die Du mit der Hand nicht erreichen kannst?

Wenn man ein Pferd am Zügel

»Ruth« beim Führen des Pferdes am Zügel. Die Steigbügel sind hochgeschoben, damit sie nicht gegen den Pferdebauch schlenkern. Die Reiterin geht neben der Schulter des Pferdes und hat die Zügel mit der rechten Hand so lang gefaßt, daß sie die Nickbewegung und das Maul des Pferdes nicht stört. Die Enden der Zügel liegen in der linken Hand, ebenso eine Lange Gerte, die nötigenfalls die Hinterbeine des Pferdes antippen kann, damit es fleißig vorwärts geht.

führt, geht man nicht voran, sondern an seiner linken Seite neben der Schulter. Man erfaßt beide Zügel mit der rechten Hand etwa dreißig Zentimeter von den Trensenringen entfernt und hält die Enden der Zügel in der linken Hand. Die Zügel müssen leicht durchhängen und dürfen nicht straff anstehen, damit das Pferd kein Ziehen im Maul verspürt. Denn wenn man die Zügel kurz hinter den Trensenringen ergreift, stört man die nickende Kopfbewegung des Pferdes beim Gehen und zwängt den Unterkiefer ein, weil das Trensengebiß auf den empfindlichen Kinnladen scheuert. Wenn man die Zügel lang und locker erfaßt, hat man den nötigen Spielraum und kann rasch nachgeben, wenn das Pferd plötzlich einen erschreckten Seitensprung macht. Im Notfall hält man das Pferd immer noch mit der linken Hand am langen Zügel, so daß es nicht fortlaufen kann. Wenn man wendet oder die Gangrichtung wechselt, führt man das Pferd immer rechts herum. Links herum kann es Dir beim Seitwärtstreten versehentlich auf die Füße treten.

Reite möglichst nicht allein ins Gelände, weil Dir bei einem Unfall niemand Hilfe leisten kann. Und wenn Du ein Pferd auf der Weide antriffst, schwinge Dich niemals unerlaubt auf seinen Rücken. Du kannst nie wissen, wie das fremde Pferd reagiert. Der Besitzer wird böse und die Unfallgefahr ist groß!

Dein erster Ausritt

Mittlerweile hast Du schon längere Zeit am Reitunterricht teilgenommen. Meist reitest Du in der Abteilung mit einigen anderen Reitern zusammen. Manchmal erlaubt Dir Dein Vater, zusätzlich Einzelunterricht zu nehmen. Du fühlst Dich allmählich immer sicherer im Sattel. Im Laufe der Zeit durftest Du verschiedene Pferde ausprobieren und hast bemerkt, daß jedes Pferd anders ist. Manche Pferde haben einen breiten, andere einen schmalen Rücken. Es gibt Pferde, die willig und gehorsam Deinen reiterlichen Hilfen folgen, und solche, die nur träge und zögernd reagieren. Du hast feinfühlige und abgestumpfte, termperamentvolle und faule, eigensinnige und widerspenstige Pferde kennengelernt. Dein Gesäß hat erfahren müssen, daß Trabbewegungen äußerst unterschiedlich sein können. Manche Pferde versetzen Dir harte Stöße im Sattel, andere nehmen Dich sanft in der Bewegung mit. Du hast eine Menge dazugelernt. Du weißt inzwischen, wie man reiterliche Grundhilfen geben muß, und Du verstehst immer besser mit den Pferden umzugehen. Während des gemeinsamen Reitunterrichtes haben sich alle Reitschüler der Abteilung näher kennengelernt und sind aufeinander eingespielt.
Eines Tages hat Euer Reitlehrer eine Überraschung für Euch. Er verkündet am Ende einer Reitstunde, daß er am nächsten Sonntagmorgen mit der ganzen Abteilung ins

Das blaue Schild mit dem weißen Reiter bedeutet, daß der Weg für Reiter vorgesehen ist. Die beiden anderen blauen Schilder bedeuten, daß die Wege nur von Fußgängern oder Radfahrern benutzt werden dürfen. Für Reiter sind sie verboten! Auf Straßen mit Autoverkehr müssen sich Reiter genauso nach den Verkehrsvorschriften richten, wie alle anderen Verkehrsteilnehmer.

Gelände reiten will. Der Jubel ist groß. Ihr freut Euch riesig, daß es nun endlich zum ersten Mal hinaus ins Freie gehen soll. Vor dem großen Ereignis ruft Euch der Reitlehrer noch einmal zusammen, um genau zu erklären, wie Ihr Euch im Gelände verhalten sollt. Denn er trägt die Verantwortung und muß dafür sorgen, daß alles gut geht und Reiter und Pferde wieder gesund heimkommen.

Der Reitlehrer sagt Euch, daß im Gelände bestimmte Regeln eingehalten werden müssen, damit der Ausritt ohne Zwischenfälle abläuft. Für Reiter gelten die gleichen Verkehrsvorschriften wie für alle anderen Verkehrsteilnehmer. Auf Wald- und Feldwegen muß man stets auf Radfahrer und Fußgänger Rücksicht nehmen, denn sie haben die gleichen Rechte wie Reiter. Innerhalb der Reitergruppe muß strenge Ordnung herrschen, damit Reiter und Pferde nicht zu Schaden kommen und der Ausritt ein schönes Erlebnis bleibt, an das Ihr Euch gern zurückerinnert.

Am Schluß seiner Rede teilt Euch der Reitlehrer die Pferde zu. Er überlegt sorgfältig, welches Pferd zu welchem Reiter am besten paßt. Denn draußen in Wald und Feld ist es noch wichtiger als in der Reitbahn, daß Reiter und Pferd gut miteinander auskommen.

Der Reitlehrer hat Dir für den Ausritt Old Shatterhand zugeteilt, den Du am besten kennst. Er ist auch draußen ruhig und gelassen, er erschrickt nicht so leicht und macht nur noch selten Seitensprünge. Du bist voller Erwartung, ein großes, unbekanntes Abenteuer wartet auf Dich.

Am Abend vor dem Ausritt gehst Du früh zu Bett, um am nächsten Morgen ganz fit zu sein. Du mußt dauernd an das große Ereignis denken. Du bist ziemlich aufgeregt und kannst lange nicht einschlafen. Schließlich holt Dich die Müdigkeit ein, schläfrig fallen Dir die Augen zu. Deine Gedanken an den Ausritt nimmst Du mit in den Schlaf hinüber.

Im Traum reitest Du durch eine geheimnisvolle Landschaft. Der Wald und die Felder sind viel märchenhafter und verzauberter als in Wirklichkeit. Du schwebst in traumhafter Leichtigkeit auf dem Pferderücken dahin. Das Reiten macht überhaupt keine Mühe. Die übrigen Reiter nimmst Du nur wie durch einen Nebelschleier wahr. Du fühlst Dich wunderbar leicht und schwerelos. Der schwebende Gang des Pferdes, der erhöhte Sitz auf dem Pferderücken und die unwirkliche Weite der Landschaft schenken Dir in Deinem Traum ein ganz neues Gefühl von Glück und Freiheit. Du könntest die ganze Welt im Galopp erobern. Old Shatterhand ist viel lebhafter und feuriger als in Wirklichkeit. Doch er ist brav und macht keine Bocksprünge. Aufmerksam schweift sein Blick in die Landschaft, ihm entgeht keine Bewegung.

Es ist ganz still. Plötzlich murmelt Old Shatterhand einige Worte vor sich hin. Zuerst traust Du Deinen Ohren nicht. Aber dann bist Du gar nicht verwundert und findest es ganz natürlich, daß Old Shatterhand sprechen kann. Seine Stimme klingt ein wenig heiser. Aber Du kannst seine Worte klar und deutlich verstehen. »Hier draußen in der frischen Luft fühle ich mich viel wohler als in der düsteren, staubigen Reithalle, wo ich Tag für Tag stur meine Runden drehen muß«.

Old Shatterhand holt tief Luft und läßt einen langen Seufzer hören. Er dreht den Kopf für einen Augenblick zur Seite, um Dich besser sehen zu können.

»Ich erinnere mich noch an unsere ersten Reitstunden, wie Du mir im Trab und Galopp dauernd in den Rücken geplumpst bist, anstatt mit dem Hintern wie festgeleimt am Sattel zu kleben. Du hast Dich ängstlich an den Zügeln festgehalten, ohne zu wissen, daß Du mir im Maul weh tust. Wenn ich vorwärts gehen sollte, haben Deine Beine gegen meine Rippen geklopft wie der Hammer auf den Amboß, anstatt nur sanft zu drücken. Du hast getan, was die meisten Anfänger tun, weil sie vom Reiten noch nichts verstehen. Ich merkte natürlich sofort, daß Du ein Anfänger warst. Dennoch war ich ziemlich ärgerlich über Deine ungeschickten Versuche, wie ich über jeden Anfänger verärgert bin, der mir in den Rücken fällt, der mich im Maul reißt und der mir den Bauch trommelt. Gern hätte ich Dir erklärt, wie man reiterliche Hilfen richtig anwenden muß. Aber da uns Vierbeinern die menschliche Sprache nicht geläufig ist, außer in Deinem Traum, mußte ich Dir auf meine Weise deutlich machen, daß mir Deine Anstrengungen nicht gefielen. Ich war einfach ungehorsam und rührte mich nicht von der Stelle oder ich weigerte mich, in eine Wendung einzubiegen. Und manchmal wußte ich gar nicht, was Du von mir wolltest, weil ich Deine Hilfen nicht verstehen konnte!«.

Old Shatterhand hält kurz inne, um einen verächtlichen

Wenn eines der beiden oberen Schilder an einer Straßenkreuzung steht, immer erst die Pferde anhalten und genau nach links und rechts schauen, ob die Straße frei ist!

Das untere Schild steht vor einem Bahnübergang. Bei offener Schranke gut aufpassen und die Bahnstrecke nach beiden Seiten beobachten, bevor Du die Schienen überquerst. Vor einem Bahnübergang ohne Schranke besonders gut achtgeben!

Blick auf eine Weide am Wegrand zu werfen, wo Kühe sich beeilen, mit dem flotten Trab der Pferde mitzuhalten. Er schwingt herausfordernd seine Hufe, um dem Hornvieh zu zeigen, wie elegante Trabtritte aussehen. Beinahe hätte er dem Vorderpferd dabei in die Hinterhufe getreten. Es dauert eine Weile, bis er sich wieder beruhigt hat. Dann wirft er einen kurzen Blick zu Dir zurück.

»Gottlob hast Du inzwischen gelernt, wie man die reiterlichen Hilfen richtig anwendet. Deine Zügelhand ist sanft und Dein Gesäß klebt am Sattel, wie ich es gern habe. Manchmal schwankst Du noch im Sattel und sitzt nicht ganz gerade. Dann ist unser gemeinsames Gleichgewicht gestört. Das muß besser werden. Ich mag nicht, wenn Du schief auf meinem Rücken sitzt. Und auch die Unterschenkel solltest Du ruhiger halten, damit ich weiß, was Deine Schenkelhilfen bedeuten sollen. Vergiß nicht, je besser Du reitest und je genauer Deine Hilfen sind, desto leichter wird Dein Reitergewicht für mich!«.

Old Shatterhand schweigt. Für einen Augenblick legt er die Ohren nach hinten und zeigt sein Drohgesicht. Das Pferd an seiner Seite ist ihm zu dicht auf den Leib gerückt. Er schätzt es nicht, wenn jüngere Pferde Respekt vermissen lassen und zu wenig Abstand halten. Er besteht auf Einhaltung der Rangordnung.

Die Abteilung biegt in einen breiten und langen Waldweg ein, der weithin zu übersehen ist. Der weiche, sandige Boden ist wie geschaffen für einen Galopp. Der Reitlehrer hebt den Arm und gibt das Zeichen zum Angaloppieren. Die Pferde setzen sich freudig schnaubend in Bewegung. Der weiche Boden verschluckt das Trommeln der Hufe. In der Stille des Waldes sind nur das Keuchen der Pferde und das Lederknirschen der Sättel zu hören. Du schwebst in sanftem Wiegen dahin als wärest Du schwerelos. Old Shatterhand scheint zu fliegen. Mutig bläht er die Nüstern und zieht mächtig nach vorn. Am liebsten würde er davonpreschen und seinen Artgenossen die Hinterhufe zeigen. Du hast Mühe, ihn zurückzuhalten.

Nach einer Weile läßt der Reitlehrer zum Schritt durchparieren. Die Pferde strecken die Hälse und schnauben zufrieden. Sie dürfen am langen Zügel dahinschlendern, um sich wieder zu beruhigen. Einige tänzeln noch ein wenig vor Aufregung.

»Hat Spaß gemacht,«, meint

Sommerlicher Badespaß mit Islandponys, die das Wasser lieben. Das gemeinsame Freizeitvergnügen schafft Vertrauen zwischen Mensch und Tier.

Old Shatterhand gutgelaunt und ein wenig außer Atem, »es ist herrlich, die Lungen mit sauberer Waldluft durchzupusten«. Er schüttelt sich so heftig, daß Du beinahe aus dem Sattel fliegst. Dann schnaubt er mehrmals laut durch die Nüstern, um den Staub herauszupusten.

»Übrigens finde ich es angenehm, wenn Du mein Fell putzt«, redet Old Shatterhand weiter,ohne sich umzublicken. Nur seine Ohren sind nach hinten gerichtet. »Dennoch könntest Du mit der Putzbürste an meinem Kopf, an den Hüftknochen und an den Beinen etwas vorsichtiger sein. An diesen Stellen bin ich ziemlich empfindlich, weil die Knochen dicht unter der Haut liegen, genauso wie bei Dir der Ellbogen oder das Schienbein. Schön finde ich, wenn Du mir im Sommer nach dem Reiten meine angestrengten Beine und die verschwitzte Sattellage mit Wasser kühlst. Doch wenn Du mir den Zaum

Auf schmalen Wegen, an Feldrändern oder im Wald, reitet man im Gänsemarsch hintereinander.

auflegst, knick' mir gefälligst nicht immer die Ohren um, das ist mir unangenehm und macht mich kopfscheu. Und beim Aufsatteln solltest Du mehr Geduld haben, bevor Du den Sattelgurt straff anziehst. Denn wenn der Gurt sofort stramm gezogen wird, fühlt sich meine Brust ganz plötzlich eingezwängt. Das nimmt mir fast den Atem. Schnalle den Gurt ganz allmählich Loch für Loch kürzer, damit ich mich an den Druck gewöhnen kann. Und manchmal könntest Du mir ein wenig von Deiner Freizeit schenken und mit mir zu Fuß im Freien spazierengehen, damit ich hier und da ein bißchen Gras zupfen kann«.

Old Shatterhand schweigt einen Augenblick und horcht nach innen. Dann verhält er seine Schritte, hebt den Schweif und läßt erleichtert eine Handvoll dampfender Roßäpfel fallen.

»Als ich noch jung war«, läßt sich Old Shatterhand wieder vernehmen, »war ich ein bekanntes Dressurpferd und beherrschte sogar einige Übungen der Hohen Schule. Man kannte mich auf den großen Turnierplätzen. Ich habe viele Preise gewonnen. Leider mußte ich immer im Stall stehen und durfte nie in den Auslauf oder auf die Weide, weil meine Reiterin befürchtete, daß ich mir einen Grasbauch anfresse oder ein Bein verstauche. So ein Quatsch! Ich war immer von meinen Artgenossen getrennt und mußte in einer geschlossenen Box allein bleiben. Das Leben war furchtbar

Auf Wald- und Feldwegen, die breit genug sind, reitet man meist in Kolonne zu zweit nebeneinander.

Jugendabteilung eines Reitervereins. Die Reitergruppe macht einen harmonischen Eindruck. Alle Pferde haben die gleiche Fellfarbe, die Reiter sind gleichmäßig gekleidet – aber sie tragen keine Reitkappe!

langweilig und ich fühlte mich sehr einsam. Aber ansonsten hat mich meine Reiterin immer gut behandelt. Sie verstand die Pferdesprache und war eine gute Reiterin, die mich nie geschlagen hat. Wenn ich eine Übung verpatzt hatte, wurde sie niemals zornig. Mit Ruhe und Geduld hat sie immer wieder mit mir geübt, wenn ich etwas nicht verstanden hatte. Und wenn eine Übung gelungen war, hat

Reiterferien in den Sanddünen am Meer. Was machen diese jungen Reiter falsch? Sie haben vergessen, ihre sturzfesten Reitkappen aufzusetzen!

sie die Reitstunde sofort beendet und mir einen Leckerbissen gegeben.

Als ich mir eines Tages ein Bein verletzt hatte, war es aus mit dem Turniersport. Ich wurde an einen Reiter verkauft, der ein Angeber war und mich wie ein Sportgerät behandelte. Er zog so grob an den Zügeln, daß sich meine Kinnladen entzündeten. Die Narben spüre ich heute noch. Er stach mir scharfe Sporen

Wenn Du sattelfest bist, und wenn Du und Dein Pferd im Springen ausreichend ausgebildet sind, darfst Du vielleicht auch an einer Reitjad teilnehmen, wie diese junge Reiterin mit ihrem Pony. Sie reitet am Schluß unter Aufsicht eines erfahrenen Reiters, damit sie lernt, wie sie sich verhalten muß. Wenn ein Hindernis zu hoch ist, darf sie es auslassen und umreiten. Eine Reitjagd ist kein Leistungswettbewerb, sondern ein Vergnügen ohne Ehrgeiz, an dem Pferd und Reiter gleichermaßen Spaß haben sollen!

in den Leib, die blutende Wunden hinterließen. Ich war verzweifelt und verstand überhaupt nicht, was dieser Tierquäler von mir wollte. Er war völlig unfähig, richtige reiterliche Hilfen zu geben und schimpfte mich einen alten Klepper, der zu nichts taugt. Immer gab er mir die Schuld für seine Fehler. Er ließ sich nur im Stall blicken, wenn er seine Reitkünste an mir austoben wollte. Sonst kümmerte er sich nicht um mein Wohlergehen. Obwohl die Wunde an meinem Bein längst verheilt ist, tut sie mir mitunter heute noch weh, wenn ich lange laufen muß. Aber ich kann es ertragen, denn Ihr Leichtgewichte seid nicht so schwer wie erwachsene Anfänger. Es ist schon ein großes Glück für uns Pferde, wenn Ihr Menschen uns versteht und uns gut behandelt!«

Plötzlich springen zwei Rehe aus dem Gebüsch am Wegrand. Old Shatterhand, der noch von seiner Vergangenheit träumt, erschrickt und bäumt sich auf. Du willst Dich in der Mähne festhalten, aber Du greifst ins Leere und fällst und fällst. Du hast das Gefühl, als ob Du am Arm nach unten gezogen wirst... .

»Aufstehen, fertigmachen zum Ausritt«, dringt es wie durch eine Wand in Deinen Traum. Deine Mutter rüttelt Dich am Arm. Du bist sofort hellwach. Beinahe hättest Du die Zeit verschlafen.